第39届青春诗会诗丛

《诗刊》社／编

黑与灰的排列

范丹花 著

长江出版传媒

长江文艺出版社

39 青春
Youth
Poetry 诗会

元复诗歌基金支持

范丹花

1984年出生，江西上饶人，江西省作协会员。作品散见于《诗刊》《十月》《人民文学》《星星》《作品》《诗潮》《草堂》《青年文学》等。入选第12届"十月诗会"，获2023江西年度诗人奖。现居南昌。

目录

辑一　当你路过我

辑二 轨迹

辑三　寻找卡夫卡

辑四　非线性

辑一　当你路过我

庐山简史

那是冬天，云雾
从含鄱口四周飘到了头顶
我们同坐一条石凳，我们交谈
初识像潮湿的地衣
从眼神的欣喜爬至峰顶

后来有一天下了雪，在差不多的
位置，你在雪中画出了心形
拍给我看

我们在一起了，因为雾之浓
以为生活的实景都很美——

多年后的冬天，你说
你一个人开车从东林寺再到山顶
具体去了哪些地方，想了什么
至今我也没问

只记得，那时山顶的雪真大啊
几乎落满了我的一生

2021.9

父与子（一）

老父亲走后的几天，他坐在房间
断断续续地抽泣，从未见他如此伤心

十年来，作为唯一守在身边的儿子
无论他如何言听计从
父亲还是不断地辱骂他，排斥他
甚至用拐杖打他

偶尔几次，他也大声反击，更多时候
是一边挨骂一边笑嘻嘻地把菜夹到
父亲的碗里

也许是父亲走得太突然了，那止不住的哭泣
也显得那么突兀

像所有不计回报的爱一样
发出低沉而又金属般的颤动

2021. 7. 16

父与子（二）

三十年未见，他匆匆从北方
赶到了南方
作为长子，他把骨灰盒
套在胸前，又亲手放进了墓穴
他们终于在与时间的对抗中
赢得了无声的和解

一个脾气古怪的父亲，一个
绝情到不肯相认的人

夜晚，他坚持在他生前
睡了半生的木板床上睡下
桌上的烛火让遗像清晰可辨

他们的神态如此相似。有一瞬间
经过门口，看他失神地坐着
以为他的父亲又回到了
那床的中间

2021. 7. 22

倒　叙

推开门，她正坐在饭桌上吃饭
脸部因用力咀嚼而抽动着可爱的纹路
看我来了，下意识站起来
小步挪到沙发上，坐了下来。我的目光
开始离开她，在她给我腾出的位置上
无奈地坐了下来，她对我的顺从感到高兴
笑了笑，又继续吃饭。她食量很大
端着瓷器大碗，这是衰老唯一没有改变她的
不知从哪天开始，她已经失去了
以前那种洪亮的嗓音，因不小心摔了一跤
经历了几个月的卧床，又用
惊人的耐力抗过了新冠病毒的袭击
现在九十三岁的她在沙发上吃着饭
像一棵在悬崖边避开了飓风的枯木。
尽管一样残忍，还是无人敢告诉她
三天前的凌晨，她最爱的那个小儿子
已经因肺癌转移离开了人世

2023. 2. 19

消　失

盛夏的洪水把道路淹没了一半
我们蹚水去学校，她在那条路的端口
玩耍，不知何时，命运无形的水兽
冲破她脚底的边缘，她掉进了
幽深的水所创造出的漩涡，她小小
身影没有像鱼从我幼年的意识游走
夜晚，她五岁的僵硬的身体
被装进了父辈们临时制作的木盒中
我们站在她家后门，看着屋内烛火中
晃动的人群，听见钉子钉进木板的
当当之音，一片哀号穿破了鄱阳湖
上空的苍穹，那永恒的不眠之夜
自上而下惊扰着我的童年
几十年过去，我还总像当初一样
仿佛于泱泱大水中，一回头就瞥见了她

2021. 12. 24

索爱者

他的身躯还挂满坚固的夜色
鼻梁挺拔，在遥远的暮色中矗立
这让我们的呼吸都充满了金色微粒
我们时常蜷缩在各自的角落，然后
向对方移动，让距离的隔阂成为一片
翻动的潮海，如此，在潜意识中搜寻
彼此的身体，无论睡下前是否争执或漠然
到了这个将醒未醒的时刻
他都会轻轻翻过晨曦的栅栏把我搂住
天色渐亮，我有时感到自己很幸福
我们都不肯松手。这温存的一瞬
仿佛不好好把握，在这茫茫世间
我们就是遗落在荒野的黑子，陷入
无端的恐慌与麻木，而即刻推翻这番定论
比用时间去认证它，更让我感到迫切
需要鲜明地存于时间之洪流，仍然可以
用剩余的激情占据着平凡生活的靶心

2022. 8

忏悔录

他默记着我的出行日期，不停询问。
多少次了，我拥着一颗罪恶之心，叛逃
我在遥远的城邦驻留，山川诱使我微笑
那林中投射的白光，层层叠叠俯压下来
高大的枝丫伸展，一种无形的力
从四面八方驱使我，让我在颠沛与辗转中
趋于平静，并无挂碍，不得不承认
一个人在泥泞荒野中，我总是感到充盈
我渴望着却无法做到更好，为他
一个男孩。那干净的眼眸对着我忽闪
他刚刚学会了克制和预判，临睡前又
重申了一遍我的罪行，尽管那言语的张力
还未长出刀锋，但那些脆弱的期待与央求
像浮萍，已提前沉在夜晚漆黑的冰面上
形成一个醒目的据点，我多么惶惑于此。
纵然，我总是抱着他，待他睡去
才从黑夜起身，我必须在黑暗中站起来
走向那条隐蔽的遥远的坡道

2023. 4. 14

告别者

至暗的时刻划向那个凌晨
我们的朋友才三十二岁，就躺在
殡仪馆的铁床上，等待最后的仪式
他用偏执向这个世界展示了
一个雄性生命偶发却又潜藏的羸弱
"他只是跟后爸吵了一架……"人群中
有人在议论，似乎这场意外可以避免
那沉睡中的耳朵也用倾听的姿态贴敷在
语言终极的底板上，可那两只灰白的手
不动了，两天前，就是它们
用一根高悬的网线勒住了他的咽喉
这悲怆中绝顶的幽暗
现在都沉降在他年轻的脸上。
而他的亲生父亲，此刻
正躺在火葬场院子的地上号啕大哭
汹涌的浪花起伏，把我们的意识
推回到无垠的暗夜，那个滚动的时刻
凝固着无法复刻的天色，仿佛
黎明前，那种丧失感在我心中已存有多年
与他的名字一起滑向了沼泽的深处

2022. 5. 15

内珠湖

从祖母眼睛发出的幽光像阳光
铺满了整个湖面，一种鳞片
直直的光滑，在闪耀中被我触碰
白云之下，湖水养育着这片土地
祖母陪伴着年幼的我，微风拂过
一面浅蓝色镜子倒衬着蓝天与白云。
但有时也不是这样，前村有几个衣服
打着补丁的小男孩成为我的同学
都说有一天风浪很大，船翻了，大湖
带走了去对岸劳作后回返的母亲们
他们看起来没有怨恨，仍然笑着在湖边
嬉戏，湖水清澈、宁静，让人感到自己
并非是大地上的一个孤儿，正如祖母
慈祥的脸庞看向我时，总与湖面连成一片
那淡定的神情像银鱼从波纹中跃起
祖母生火做饭，炊烟飘到屋顶上空
太阳从遥远的水平线落下去时，她总会
扯着嗓子把我从湖边喊回屋内

2022. 8. 23

男孩与绘本

像用小手剥开稚嫩的豆荚
你把书轻轻打开递到我面前
每一幅图画都藏有观测万象的物器
通过语言这唯一华美的桥梁搭建
然后才能通往智慧与两岸的灯火。
出生不到七个月，你就被我用婴儿车
带到了吴哥窟，我曾双手合十
为你祷告，砖块雕刻的佛像
是漫长而遥远的一段路引
在太阳与岩石之间镶嵌
用一种沙哑的声音向你描绘
那些斑斓的窗口不断飞出白鸟
天然携带着神圣的基因密码
在血液与书页中弥漫与沸腾
手指还在指认，每一个汉字的眼睛
明亮或诙谐的疑问发生在
更多未知段落与陌生词藻的转化中
我们都天真地打量着注释之后的标点
这世界也有诸多幽深的洞窟
藏着玄妙与千字经文，我翻动一页
你眉宇的星辰就扇动两下。

行于人世，如漂浮在海面，不断降临的匮乏
让我总想要在瞬间抓住一些什么
忙碌时，悲戚时，一次也没有抗拒过
只要你仍旧迫切又渴望地把书向我递来

2023. 1. 5

阿尔茨海默综合征

迈克尔·哈内执导的《爱》
至今让我难忘，同是年过八旬
乔治与我的姑父每天面临的难题
都在卧室与客厅重复的长镜头中切换
怎样给瘫痪的妻子喂食，擦拭并搬动
她已长了褥疮的身体，当我最近一次
走进他们的居室，刺鼻难闻的气味
充斥着这个因杂乱而变得狭小的空间
门口堆高的尿不湿似乎是异味的源头
在这荒凉的背景中，他弓着身子
在屋内小步走动，运送着尖利的石头
一座山仿佛不动。退休前，他们都曾是
社会上十分体面的人。电影最后
乔治用一个白色枕头蒙住了安妮的头。
半夜我辗转难眠，想到离开前
我站在床头用手抚摸她，她的左手直伸
握着右手腕，右手微微上抬
仿佛用尽了所有气力，从混沌的黑夜
紧紧抓住了一个旁观者温热的边缘

2022. 1. 30

万物有灵

那些冰柱挂在屋檐上像挂在心间
我们不可能无视，当那坚固的骄傲
被残忍地从高处击落，一根冰柱的流逝
被我们紧握在手中，那冰凉的肢体
开始融化，冰水经手指流经我们的心
在冰冷的裂缝中，一切冬天的事物
也跟随着下坠，筑起一种透明的高塔。
后来在高山的松树枝上，我也看见了
类似的凝固，我伸出双手，又收回了
哦，那时我还太小，不懂守候这种
凝结着的含蓄之美，我们站在屋檐下
仰着头，用木棍把冰凌一个一个击落
以为能够拥有，但不可能拥有
它们被取下，不久，就消失在手中

2022. 8. 23

砍竹记

在上坪村后山坡，一片毛竹看起来十分笔挺
它们努力构成了山体自然的美学
守山人说砍竹要选最老的竹
经过他确认，我们锁定了一棵
为了制作高跷，领队用力挥舞起右手臂
第一刀下去，沉沉的山体摇晃了几下
竹子在我的心脏裂开了一个新鲜的伤口
那上面流动着春天甜美的汁液
书上说树木之间也有亲情，它们用
根部的微生物传达，但此时
周边的竹树唯有沉默，它们目睹着
小分队轮流上前，用不同姿势
不同力度砍向这棵老竹
这收紧的咔嚓声，声声落入泥土
他们让我也试一下，在拒绝中
我本能地后退了几步，竹子不久倒下了
留下突兀的竹桩，像一个不该存在的念头
我从不敢杀生，一条鱼或一只昆虫
现在发现，连植物的生灭
也让心中惶惑新生了许多不安的褶皱

2022. 2. 17

辛丑年的最后一天

低温带来了一些暗流的转移

云层被蒙紧的一片扯动

落下了粗犷的盐粒，那冰凉之器

用多重的透明窥探着人间

一阵暴力的寒气穿透了我

某种"必然"所对应的消逝之物

可以说，岁月是这样无声经过了我们

也经过了那些因拆迁而搬空的墙体

那里留下了许多衰老与病痛的神经

长久空置，让它们对时间失去了

真切的感知，仿佛

一个下午，一整年的喜悦与哀伤

都在我们的奔走与交谈中流失了

我与姐姐一起去看望了瘫痪在床的亲人

回来时天空仍旧迷蒙，像这位失忆多年的亲人

在极度的空茫中，凝视了良久

还是没有将我们认出

2022. 1. 31

傍　晚

看见云彩，她就想要去寻找大地的尽头
向着落日走了很久
直到进入一种虚无的迷雾。
从瑜伽馆到书房，最后回到灶台
先把土豆刨去外皮，再把菠菜洗净污垢
排骨已经焯水，玉米切成小块放入汤锅
她要为即将放学回家的女儿做好晚餐
"我必然要经历……""存在即合理"
黑塞与黑格尔站在了那片迷雾之中
像两颗闪烁的星辰，把水龙头关掉
她也走了进去，雾霭中跨过了一道门槛
看见长长的甬道，这长度是意料之外的
尤其看不清边界以及岔路口到底在哪里
要怎么调解？"本我""自我"与"超我"的对峙
在漫长的异端，寻找变得那么不切实际
她又开始清洗汤料：干贝、枸杞和莲子
一场粗粝的摩擦后，一切混合、排列在手掌上
形成一个密实的小宇宙
她抬头看了看窗外，太阳已经落下去了
那片浓雾也从眼前散开了

2022. 11. 4

窗

她喜欢这扇有着雕花围栏的窗户
从这里望出去，可以看到龙虎山的一隅
那种丹霞地貌独有的半圆形弧度以及红艳色泽
连绵的起伏，在眼前，一并成为装饰的风景。
可她抓不住，她在房间内读特德·休斯
读到喜欢的句子又停下来，抬头看向窗外
她想起与丈夫的第一次约会
就是选择了这个地方，在竹筏上
他旁若无人地把脸侧过来碰触她的脸
她下意识移开了，这片地貌，仿佛
是他们爱恋中初生的遗产，那画面沿着
泸溪河，一直漂流到此刻窗内的书页上
这个普拉斯所描述的像宙斯一样的男人
文字也带着神秘的磁力，尽管那当中
动物般冷静的气息也短暂动摇过她
让她在片刻，在一扇窗中丢失了自己
她所想的那些，远或近，初始与结局的命运
都迷蒙地停泊在这片风景中，但隔着时间
这道窗幔，她对世界的获取与递传都已变得简单
无论在一扇窗内，还是窗外

2023. 5. 8

中秋节片段

她忽然握着我的右手腕，像握住了
所有流失的韶华，她缓慢转过脸来
对着我笑，那笑容穿过了苍茫的
岁月之海，有幽深的曲折与波浪
她把口水吐在右边地上，嘴角上扬
开始唱起了戏曲，她仿佛回到台上
那时多美呀，她曾是名满乡镇的花旦
她唱了几句停了，声音还回荡在屋内
我简直要喜极而泣了，为她鼓掌赞美她
她又转身对我笑了一次，双眼冒出
喜悦的星星，仿佛听懂了所有的话
我几乎也要忘记了，一周前
在同一张沙发上，她木然地看着远处
我紧紧握着她的手，思绪重复在
那张嘴却没有成型的言语中塌陷又枯竭
那时她女儿刚为她剃短了头发
她弟弟和两个儿子正站在厨房
为如何安置她这个大脑已退化
大小便都失禁的老人而起了争执
最后都在无声的雷鸣中匆匆离去

2021. 9. 21

反　差

一只麋鹿在山林中寻找，那些消失的同伴
它留下脚印；气味，它咬断了许多枯枝
它期待也会"被寻找"，但事与愿违
在深山之中它独自度过了许多幽深的黑夜
整整一年，它渐渐习惯了独自跋涉
那天在人群之中，一个过去视我为敌的人
忽然蹿出来，满脸堆笑地向我靠近
她把左手搂紧我的右手腕，接着又不停
夸赞我所取得的那点小成绩
这是我在契诃夫小说中读到过的反差
如果这种变化不够悲悯，那是我们
还没有从精神上获得过绝对的释然
我和那只无法回归队群的麋鹿一样
需要停止幻想，享受孤独的山林
那些麋鹿消失的地方，正是我与过去
彻底的告别之地

2022. 3. 6

象征主义

年过六旬的母亲已没什么朋友
混乱的代码填充了她的通讯录
脑海时有光斑跳跃的幻觉
或许，她可以看到很多我们
根本看不到的事物，我无法
驳倒她的各种奇论就像我无法
让她爱我像爱她的儿子一样
隔着万千成长的山水和模糊语境
母亲在我面前一如往常——絮叨
而游离，她不会明白，我有时尾音中
落下的倦意，都来自这无果
又悲凉的探寻
我在梦中手握过一只青鸟
但它始终没有对我唱出
那首动人的尾歌——

2021. 12. 28

发炎的嗓音

从山崖降下三千米
在半空消弭的是一种古老的咒语
细细的毛羽
由下而上
一阵剧烈的风暴刺激着大脑与神经
这个时候，一杯温水可以救下我
我没有选择。从山崖另一端
感受烈日烧遍，群峰在声带上
有了黑色的断层
我天生热爱追忆
却无比害怕回到曾经的时刻
在高山之巅，置身于茫茫白雾中
人群围绕着我，等待倾听
山风撕裂树叶后尘埃一阵浮动——
这人世，万籁俱静啊
我终于还是没有听到自己的发声

2022. 3. 22

麦　地

目光在麦地停留过的人，笔下
总有溪流和一段清辉，起伏的麦浪
淹没了诗人的国度，在那里，你看见
海子
亲吻过的麦穗成为佳句，他
摘下王冠遗失于月下，他踮脚
旋转于麦尖，麦地之后
所有
寂静的事物最后都消失于自身

2018

烟　囱

木柴在死，火焰在死
只有炊烟替它们活了下来
并把愿望升到高处
只有情绪滚过长长的喉咙
像滚过命运的井坎，当
它们在空中飘着却没有
找到支撑，便各自散去了
留下黑夜这一件衣服继续
披在我的身上
被我在风雨中越穿越黑
那个站在屋顶布道的人
那个宿敌一样的人
最好不要消失
当我也在死去，我需要它
替我完成最后一次
对于人世的凝视

2021. 4. 7

当你路过我

也许我不在了，你路过我时
看到我从一首诗抽出自己的年代
看我在昏暗中也努力爱过
这个人世
可我无法再从遥远的风景说起
你那么陌生，对我一无所知
遮掩我的只剩下泥土和石块
它们的身体还滚动着火焰
脚下还有燃烧的河流，浇灭和覆盖
我的泥土也覆盖着一片星辰
它们闪耀而沉默，在地下顺从
永恒的表达
因为热爱而继续在我身上
上升下移
当你终于路过，我还是炽热的生命
在夜晚写着一首小诗
而即便死去，我还会诞生于坟茔
像一朵蔷薇或一个绚烂的清晨

2021. 3

故　乡

日落的尽头就在这里了。几十年
我们看到过的霞光还披散在远岸
从这里出发，所有指认中都有一艘船
轻轻停泊着，在心的堤岸上，获得一种
关于美的宁静的指认，像鱼群
与一千只候鸟组建成了一个国度
我始终还在这里，这片心灵的栖息之地
我的亲人已被埋入大地，我的爱成为
沉默中的召唤，在街铺、街道或流云中
重复触摸到，一座辉煌的子宫
从赣江回到鄱阳湖，从城市回到小镇
我生下的儿女也跟随着我，顺流而下
他们已学会了，如何安静地观赏日落
从每一个黄昏回到母腹——那生命中
最深层的微漾引发的动荡与洪流

2022

十年史记

半月未见，待了两天，他又要走了
坐在电视柜上，他们相抱在一起
下次见面该是月底了，月底
是结婚纪念日，他们又一次聊到了
最近开通的中挝高铁，他说明年十周年
我们去浦西山看日落吧，当初是她
坚持把蜜月之地定在了这个贫穷的国度
从云南边境坐了十几小时的国际巴士
全程摇晃在山川的弯曲与陡峭之间
那似乎永远走不完的山路以及路两边
木质搭建的简陋房屋，让他们惊诧不已
她仿佛从这誓约中看到了隐约的希冀
但这场景那么熟悉，很久前也发生过
那是和另一个人，他们在最甜蜜时
约定了十年之后，无论什么境况
都要去相识的城市见面，他们说得
那么认真，那么严肃，像在说天地间
唯一需要去实现的大事，后来他先结婚生子
后来她也结婚生子了
两个人理所当然地都失约了
时间无声流逝，即将为她迎来又一个十年

这金黄的年华就像一辆极速奔走的国际列车
日夜穿梭于群峰之间
最后她在思绪中站起来，看他起身离开
消失在门后如消失于一座山巅

2021. 12. 14

浓雾行

返程时，我们行驶于赣粤高速公路
从南到北的雨水带来潮湿的密码
它没有把我带到那些灰色山脉之间
始终有新的图景跑进移动的雾色
大地之脸如此邈远，让人
恍惚这条路真的会永远延伸下去——
而只有你眼神中的苍茫在另一个尽头
抵达。远山多美，我会一遍一遍想起
大雨中你曾回头，什么话也没有说
只把外套脱下披在了我的身上，而即便
雨忽然停了，浓雾用更重的体积把
世界的一端蒙住，外物的挤压显得如此
徒劳，那短暂涂抹我们的是生命的原色吗
大雾仿佛燃烧出一层灰霾，那隐隐约约
穿透它的人，有没有看到更多坳口
横亘于这些必经的路上？而你总把车
开得那么跌宕，雾灯稀释了几段曲线
在那些虚无的转折之后，我清晰地
看到了某种命定的归程

2021. 11. 2

一次离别

你走之前的下午，天很晴朗，你说
特意提前回来陪我，把车开去了修理厂
之后拉着我走了很长的路，你说车修好了
会让代驾开到楼下，我习惯了享受这些
来自你的细心与体贴，那时我还未
及时从阳光温暖的麻痹中寻得什么宽慰
也不知这即将到来的分别会在长久
留存中引起什么状物的不适，这些年
我反复驳斥，直到这一天终于还是来了
我默认着这神旨式的安排，惶然于那
神秘智者还想从我身边窃取些什么
我还是会想起那个曾经认真送别却再也
没有回到身边的人，它带给我一种惯性的
认定——一个人真空般抽离让后来
那些隐忍的微粒充斥了平静的生活
我不再难过是因为那荒径之途在不断地
凋敝中转换了部分意志，就像我们分别
后这些空白日常，事实我什么也没有去做
只因怕冷，换了一床更厚实的棉被而已

2021. 12. 6

回乡之夜

经过的村庄都笼罩在暮色中

经过的人被夜幕之手推远

幼年爬过的山梁变矮

河道与树木都像黑羽一样跳跃

田畴中心移动着一座幼年的花园

当儿子在人群中走开

扑向我怀里，像一只受惊的小鸟

用持续的叫嚷

缓解——这化不开的夜的浓度

这使得我在烟火绽放之后就离开了

还没有来得及去村里转转

把认识的亲人都叫上一遍，我得到的

片段，或者说，我理解到的碎片

那种光滑脱落的声响——几十个人

凑在一起，用熟悉又庸常的仪式完成了

童年的我对于人际之间胆怯的

那近乎相似的刻度

可，这样匆匆，我何尝不是

那个无端就奔向了故乡的不安的幼子

2022. 2. 1

男孩的玩具

那些旧玩具被积存在客厅的收纳盒中
像古时失宠的妃子，一件挤压着一件
在不同的表征下彰显着宿命的同一性
明天，就是这些玩具的主人六岁的生日
他念叨了一天他的礼物
终于在晚上八时从驿站取回了包裹
那是一个新玩具（超级飞侠里的卡文）
他爱不释手，在茶几上摆弄了很久
睡前依然抱着它，这一夜，这灰白的
飞机状的变形之物霸占了他全部心思
他的眼睛没有挪开过，我几乎被感染了
那种关乎人的本性中难以更改且
理智也战胜不了的无形之物——
从一个男孩天性的探索欲中映射出来
在他的梦中继续被放到最大。这个夜晚
一个塑料玩具沉在自身扎实的结构中
它刚刚从男孩身上获得过热烈而专注的注意力
尽管这是短暂的，在他下一次兴趣产生之前
或，它身上那新鲜的光泽褪去之后

2023. 6. 12

关于疤痕的释义

在美的解构主义之前
这存在已提前显现，在肚脐之下
一条清晰的切割之线，用归属中的
必然性将我牢牢锁定在它忧伤的路径
在南太平洋与印度洋交汇处
有一座阿贡火山，我曾站在远处瞭望
蔚蓝海岸上那落日所诞下的危险火种
在这生命的出口处，也有什么物质
曾经喷涌又凝结成灰烬的形块
从表面凹陷一小片，这徒然增生的
沟壑充满了两片海域，几种黑夜的交影
叠置于眼前，许多赤裸又喑哑的滚动
翻越两极，回到赤道附近
窥视着——那与生命有过接壤的地方
仍然可以尝试，假设我们能无视
或被观念泛指为一种比神谕更广袤的空幻

2022.6.26

圣神的花树

舅舅把外婆喜欢的山茶花树移栽在了
她的坟头。第二年春天山茶花开出了
火热的太阳之色，我们在花树边
跪拜，祈祷，荒凉的风把一些花朵
吹落在了山丘，它们就在山丘上腐烂
父亲把老家的房子变卖后，我们家在村庄
只剩下十平方不到的土地，一天，村民
把那块土地上唯一的大树砍断了
母亲十分悲伤，说那是一棵古老的神树
会结紫白色的小花，儿时我们常用一根线
去串连那些花骨朵，戴在手上或脖子上
我在别的地方再也没有遇到过，那种
似乎并不存在的树，和外婆坟前的
山茶花树一样，有着梦幻又蓬勃的使命
带给我们慰藉，在生与死的边缘，仍然
有一种存寄，那些神性繁花，穿过时空
多重的布景，永远开在了乡愁的悸动中

2022

双重存在者

中午，重重的关门声之后
她走进了我家，开始讲述着
刚刚发生的事，那怨怼形成的
泥石流冲刷着我神经最深处的河谷
但 "语言是世界的图像"①，她
在尝试勾勒，把我引向另一边。
"她在隔壁打电话，以为……"
她变得更激动，尝试用情绪
给我制作一个梯子，让我的耳朵
穿墙而过，参与那些被描述的时刻
"但她是个患者"
"村妇……"
说完我把目光看向手中的书
脑中还在想着那些关于餐食的内容
如何变成了
这庞大矛盾中的沼泽
我惶惑于我始终站在这图像世界的最中心

2022. 4. 22

————————

① 引自维特根斯坦《逻辑哲学论》。

何人斯

时间始终深耕着一张女人的脸
他像玄鸟掠过她的鱼梁——那曾
是湖面后来是刀锋的人生的横切面
可那种"奉献"并没有得到命运的眷顾
除了鱼尾纹留在了眼角，她的一切
抗争都是无用的，当另一个女子出现
她没有任何名分为她赢得这场竞争
她搬出了那个深陷于时间羽翼的黑洞
18 年前，她推开了一切阻力与刚刚
离异的他生活在了一起，像亲生母亲——
甚至更投入地——呵护着他的幼儿
直到送他进了大学。危机也到来了
像古时所有没有犯错却被逐出家门的女子一样
回到人性内质最本原的荒芜之境
就从那里，抵达今夜。我也只是代替着她
在谷风吹满的山顶，不甘地站了一会儿

2022. 5. 19

另一个月亮

又一次，它就停在窗口
一开始，你以为只是室内灯光的反影
好奇使你坐起来看，真是月亮
它停在你的窗口像是放弃了其他
所有窗口。那么清晰地用朦胧的安慰
把你从黑暗中拉回，无法确信
一次次否认。在缓慢的抗争之后
这种无序搭建，自身所具备的驱逐性
这无端来去又无形的重型架构，仍然压迫着
让你妄图从玻璃的黑夜中拿回
那种短暂存在过的幽光，而此刻
一种新的魅惑就弥漫在窗口，在思绪中
逐渐昏黄，带着黏稠的盛夏的汁液
来探视，面前这扇紧闭的窗所能够屏蔽的
——光开始被云层吞噬，又挣扎着位移
到窗格中心，边缘继续发散
一点点隐去，又显现，就这样重复。
像一场凶险的搏斗。假使只是看着
你并没有卷入了那片暗云中，直到下半夜

2023.7.30

遗　失

一切想象都在云彩之中。我所追逐的
用一场盛大的落日就能说明
它是一个季节更替的时刻，所有事物
开始燃烧，沸腾。那些交织的喧哗
让我从感观中也变得一样炙热
白鹭扑腾在火的宫殿，鹰雀欢歌于光的幕顶
我把车从沿江路飞速地开到了赣江边
用近乎凝视的距离对应着眼前的发生
我伸出了手指，在光芒中，感受到遥远
后来在草地边翻找时，黑暗正降临
才意识到，在那形式之美的蛊惑下
我丢失了一把珍贵的钥匙。我找不到了
我记下了这一刻。我本可以不来
或在远处观望，可当时那毫无意识的沉浸
让我感到了一种不可避免的失去
我仍然没有打开那道卷闸，那坚实之物
因遥远而继续产生着魅惑，那个距离
连同那华丽本身一起吞噬了这个傍晚
而光芒变成了一件包裹着黑暗的外衣
就从眼底，沉向了那个无尽的边界

2022. 7. 14

深　处

那个房间没有一个凳子，大概

从来没有人久留过

我也一样。不到十分钟就退了出来

我已经不敢直视，那抽搐的脸庞

看向我，仿佛也在看向她已故的母亲

那是我的祖母，我因此而更加无助

那颤动又复杂的像漩涡一样的眼睛

会紧紧跟随着我，让我不停下坠

一起来探望的亲人都先于我离开了

房间只剩那沉重的呼吸声——

一种金属摩擦在岩石上又被风撕裂的声音

"最好把她的气管割开"，医生说

生命边缘，她得到了这个敞开的房间

也失去了很多能力，但愿她

真的感知迟钝，无法辨别

那种绝对自由与绝对孤独之间的崇山峻岭

我们匆匆的步履已不能抵达她所在的深处

2022. 9. 3

老屋记

夏天，老屋院落有最美的夜晚
我躺在临时搭建的木板床上
看星星，那一点一点
落进瞳孔的星星，也无数次
落入我成年后的梦境
有个盲人算命先生也曾坐在院内
他拉完二胡，用手指摸着
我抽出的纸牌说："你心比天高"
天到底有多高？我并不知晓
三十年后，老屋早已变卖
每次回乡，我都会去周围走走
却再也没有踏入，犹如
很多事，我们无法真正回返
只是那屋外的湖泊仍像脐带连接
着我，那内层的镜面始终浩瀚
澎湃如风，它总是呼呼地向我吹来
让我抬头仰望，无论走到哪，夜空
会为我——也为那矮小墙垣的记忆
从生命初始的土地之上留存
而制造更多繁星

2021. 8. 16

铁匠铺

幼时家门口有间铁匠铺。它传递
给我的神秘以及光影形成一种
想象的力，与打铁人的双手共同
作用在铁砧上，迸发出刺眼火花
敲打声短促，在鸟鸣中更加粗重
有时打铁人在清晨忙碌，我不知道
他在打造什么，他会在傍晚把废渣
倒在不远处的斜坡上，我喜欢那些
废料中幽黑的高光，那滚烫着散出
余温的灰堆参与着我单调的童年
那生命锻造中叠加的碎裂之美啊
但更多时候，铁器都散落在灶台上
打铁人很久不来。坊间传言，有人
看到他在夜晚身手不凡，爬上房梁
都说那是在垂涎邻居家独居的妻子
只有我相信他是在穿越。从房梁
回到了东汉末年，为长枪的制作
而在阁楼寻找着实材。那悬疑就像
那些敲打中的铁块，形成了一个发红的
形体，连接着生命最初那悠古的深意

乔迁之喜

几杯红酒之后，她站起来
搂着邻座女人的脖子，边哭边对着男人们说：
"你们一定要珍惜原配"
被抱的女人也开始哭了，她刚刚
从一场复杂的危机中走出来，正用一种
全新的眼光审视着自己的位置
圆桌对面，男人们在喝酒、互相戏谑
时而出去抽烟，作为在一起玩了十几年的
一群老友，很久没有来得这么齐整
这当中，有人离了，有人离了又结了
还有的在离与不离的纠葛中摇摆
"女人有了孩子就是没办法。是我的问题……"
她不停地诉说，哭泣，甚至自责。
她说十三年了，终于有了自己的小天地
新换的居所在高新，是有落地窗的最高层
低头，可以俯瞰整个艾溪湖
抬头还有浩瀚宇宙，所有时间的脸在此重合
繁密的、无形的脸，在我们中间游弋着
我们忘情地喝茶，吃水果，一起谈论过往
每一个声音都夹带着极端空茫的悲喜
从生活的低处来到了高处

辑二　轨迹

色　达

我双唇深紫，经历了整夜剧烈的心跳
天亮的时候，恐慌还在持续，边缘
仍是一种暗区，在此次凶险之前
我一步一步释解、探寻。当我
终于抵达五明佛学院，爬到了坛城
那些依山而建的密密麻麻的棚屋
仿佛每一间都是一位活佛。我看见
有觉姆穿着朱红色外衣穿行其中
转经藏人的脸庞有一样静默的神色
他们在自己的世界构建了精神之塔
塔顶的光在制高点聚拢，我对自己说
我也不需要了——那是在距离太阳
很近的地方，只有色达的夜经受住了
这不可索解的炙烤和伤害。这金黄的
落荒之爱啊，在生与死的界面流转
无人知晓后来的我，所获得的平静
都是那极黑尽头投递而来的光熙的反影

2022. 3. 13

高原之礼

当初确实是为了去西藏旅行
我向先生应下了再生个孩子的诺言
滇藏线的落石把苍岩起伏的命理
深深印在了我的心灵。嗯，那时
你已在悄悄孕育。这多神奇——
我从那么多崖缝下路过，因为感冒
吃了许多的红景天和阿莫西林
我绕着布达拉宫外围不停地走，几乎
把每根木轴上的转经筒都触碰了一遍
当三年后你嗫着嘴跟我置气或
从远处跑来亲了我一口时，那随之
在脑海浮现的总是灵芝飘渺的烟雾
还有一路开满的格桑花，过昆仑山口时
下了一场冰雹，我把手伸出了车窗外
接住了那忽然而至的高原之礼
多么晶莹多么纯洁啊。这让我之后
所有的执念都从你的出生与啼哭之中
获得了更具象的消释，这血脉更像一种
延承的桥梁，用遥远的深情连接了
我的前世与今生

2021.12.9

再见，澜沧江

又一次，我一整天都在想着。落日
还有它意图中投影出的绚丽金黄的中心
那件铠甲，一片温良之水，蔓延着的
迷人的外壳，从火焰中提炼一支
一种凝固又发散的修辞，静止在水面
又轰然碾压过来，我不得不成为
光的堆叠之物，才浮动。仿若真是为了
奔赴这样一个黄昏而又一次抵达
这闪耀而生动的界面组成了一座液体迷宫
让你必须像一位故人，更深情地投入
才能穿透它，与它对望。
那些不能消释的执拗的水波留在了船尾
当我站在大船二楼甲板上望向对岸
仿佛那道光晕深处也有一座奥古吉埃岛
而尤利西斯刚刚离开，一切并没有依存
想象的秩序，在这些圈定的区域内
美在回环，意识会搁浅，一个人漂泊而沦陷
就把遗憾交付于一条河流，让它掩藏
收回并呈上我心中恒久的哀伤，在靠岸时
像落日一样消失在天空无边的激烈处

2023. 3. 29

郁孤台下致稼轩

你的忧郁是一条河流。从南宋
最小的版图里向我奔来
我看到雨后昏黄的章水与贡水
一种未被完成的远古的夙愿悬浮其上
但我空有一腔悲愤。除了怀揣一颗诗心
在赣江中游写下那些落日与色彩
我无法依靠想象去挑灯看剑
无法骑上那匹真实的白马
它几乎与我同时抵达贺兰山下
穿过这座植被茂密的隆起的小山丘
用厚实的鬃毛与远去的沉重马蹄声
组成了孤独的原貌与灰暗底色
让我确信，这几百年后，赣南大地上
永恒留存的最宝贵的事物，就是这些建筑
从陈旧的破碎的理想到新生的希冀
"清江水"都是最好的见证者。
而我只是一个过客，只是久久
站在你的雕像边，用手擦拭着脸上的雨水

2023. 6. 27

轨　迹

那时铁轨就在窗外。夜晚
列车轰轰驶过，微弱的光从
他们赤裸的背部溢向两极。
哦。那个在暴雨之中哭泣过的人
石楠花落在了他混浊的音色上
无穷的白光沉在一起。当他
起身离开，大雨还没有停止。
一整夜。世界仿佛停在另一侧
那个边缘的网中，毫无捕获
铁轨无声地铺陈在天地之间
为了什么，他感到遥不可及
山脉移动，怎么把他带到了那里
在什么位置上听见了磨损的颤音
爱如此复杂。结构有完整的一片
不。也许早已破碎。那种肆虐的
热烈，在黑暗的穿梭中消失了
只有那道隐入的幽光有迹可循
在诸多岁月之后，那平静的铁轨内部
仍有一种余音在暗域深处回响

2022. 4. 2

好汉坡

如果风声会顺着记忆的坡度回返
会不会还有一座山，如久逝之爱
让所有经过的物体哑然失声？当
雾霭深入石头，鸟鸣在回声中
遮盖了青涩与誓言，并为它
长久获得秋天地貌上独有的垂感
而再次感到地动山摇
石块真大，石间距更大，几种
想象的呼吸与纹理在石面纵横
抬脚恍惚就经过了千年，而
最初也不知道，就这样爬上去
山顶到底有什么，没人告诉我
"生命是一道极其幽深的峡谷"
我踩着高跟鞋像踩着悬空的巨石
你拽着我或引导我，都是两种
脚步的探寻落于空茫，我是爬上山后
才真正失望的，那时多天真啊！以为
中国山川都如国画中的奇峰异石那样俊美
后来我经常去牯岭镇，有几次
也撞见过你，但，很庆幸
我再也没有爬过那道好汉坡

赛珍珠

十多年前的夏天离我很遥远
辗转去牯岭镇找你的那个我
仿佛永远留在了婉转的山道
那里云雾飘渺，成片的梧桐树
还在眼前漂移，印象深处
我们一前一后走着，在
东谷 310 号别墅第一次听你
说到赛珍珠——那时
孕育着文学的大地离我也遥远
只记得她传教的父亲赛兆祥
因病死于庐山，埋在了台阶附近
而她像之后的我一样曾在这里
度过了很多个夏天。我不否认
"书写大抵是因痛苦而诞生"
我开始正视血液里这份沸腾的热爱
都是在与你彻底地分别之后

2021. 9. 13

乌有之村

汽车在这里穿过了一片油菜花海
但那不是你的村庄
我在这里得到过一小枝木姜子，并记住了
这个春天淡黄的花色

在后山翠竹林深度的呼吸中
一条溪流挡住了路途，我选择回返
我深知那陡峭的另一端才是山谷的
精神之门
它在俗念里闭合，我永远无法推开

我们谈论过文学与人生
并在慢行中看到了
湛蓝的天空装饰着拱形坡道，一条田园犬
从高处缓步走下来

2022. 3. 9

高山植物园所见

你葬下的地方，松林
如一支绿色队伍
云的瀑布正在低处形成
秋色绵延，秋风刚刚翻过
九十九座高峰，落在
陈寅恪与唐篔的合葬之墓
没有比这更合适的地方了
生命的门廊将其雕琢与围绕
这深层的抚慰和恩养
都在大山之侧
你葬下的地方呀，秋风
永远吹不到尽头
历史似有顾盼，在这山坳
长出幽幽的瞳孔
一片秋叶
落在碑前与我的目光相遇
黄昏静止而翻涌

2021.9.15

白桦林

环抱平原之脊，爱人，
最后的碑石留给你。

把前生写在铠甲上，
风暴也打不开它。

每一个身体都
积满了雪痕。

任晨曦几近暮色。
飞鸟归林，
爱人，我愿即刻死去，
引来秃鹰，环抱
苍穹之美。

待到宇宙洪荒，
百年孤独留给你。

2017.7

途经甘蔗林

汽车在迷蒙中穿过合那高速公路
你手指着窗外，说"那全是甘蔗林"
那些甘蔗被蔗农种在隆起的山丘间
不分昼夜地拔节，你惊奇于这些
直立的圆柱形物种，被分种在任何一片
空白的土地上，你热爱这种浓密而
生生不息的长成。当它们熟透
不得不与依附的土地分离，运输车
会把它们叠加在一起，送去加工厂
它们开始剥落紫色的外皮，把身体里
所有积攒的糖分奉献在最后的时刻
那些过去不断与大地密谈的时刻，
拥抱过的天空，轻盈而下坠的云朵
都在长久考验中成为体内坚实的核心
即便最后被榨取、提炼、制作成
人们所需的物料，被陌生人耗尽
也很好。它们的一生都充满了
甜蜜的有机酸，以及铁与钙的分子
从来没有被生活多余的苦涩填充过

2023. 2. 1

花山岩画

吸吮着太阳赤红的光脉，如铁屑
凝滞的遗书，深入壮族先民赤红的肺部
我们站在甲板上呼吸，成为顺水而下的人
悬壁之上，一种色彩对岩壁的统治越过了
两千多年，所有人双手托举，双脚屈蹲
庄严而欢腾，每一笔描绘都是一道未解玄谜
被明江映衬出更丰富立体的观感，风雨的侵蚀
并没有剥除那些表象中没有呈现的部分
那种仪式之外的留白，在色泽的饱和中
沉淀在岩石内部，让我们在山水间流连
用有限的思维挖掘这浩大又固有的表达
也许这只是先祖留下的关于祭祀画面的一种
简单到四肢，到人的身形中。穿插的
羊角钮钟、环首刀、铜鼓，这些古老器物
神秘的蛙的图腾，被我们在观赏中传带、记忆
为了一种无声之语。乘船回返
和来时一样绕过水面一座座巍峨的山石
倒映的斑驳水纹，绕过古人用草或鸟羽
留下的唇色，我们转身、低眉
被一道神迹吻过内心的岩壁
在时间的深水处，需要这样一道汹涌的光亮

与船舱内发动机的声响碰撞、融入
不断从承载着那群永恒舞者的石面穿流而出

2023. 2. 1

在陶渊明墓前

一位教授穿着东晋的服饰来到碑前
带领我们祭拜之后，摊开了手中的卷轴
开始朗读《归去来兮辞》
浑厚的音色落在马回岭的山坡上
这仪式仿佛来于古老的路径
把林间的一切实景推远，山体在人群之后
变得飘渺，物体在后移，到一个中心
这些拾级而上的人，用肃穆增强了
一种呼唤，几乎有力量
把一位沉睡的诗人从空穴中喊出
让他来到人群中间：站立而倾听
那古老的耳朵会让周围的杂音消弭
只剩眼中那些被简化的形式的片羽
当我们离去，他仍没有离去。那光影
立在想象的中轴上，用瞬息的组成
重塑着那些诗写的时刻，而现实中的
这意义的转向，像碑，一种坚固的镌刻
停留在被光脉推动的无声的恒久中

2023. 5. 8

观音桥下

黄昏时分的栖贤谷只剩他们两个人
在绿荫与虫鸣中感受时间的涧溪
涓涓流过这座千年的拱桥之门
十年前的这一天，在民政局的宣誓室
他们举着手说了一段誓言
而此刻从桥面到桥底，经过了一些下台阶
他说："这座桥要从下往上看，这是
它的特别之处。"
浑然天成，爱情最美时也一样
从这个角度抬头，看到石块与石块之间
镶嵌得那么自然，一种历久弥新的互补性
他们并排站着，在静默中，仿佛
跟随这座桥一起经历了那些朝代的更替
洪水在眼前奔腾，泥石也在冲击
她也意识到了，那感觉，不可能时刻都在
但他们之间的紧密性，那关切的粘连
仍然从时间中透析出来了，正如此刻
站在桥下，脱离这桥之本体所看到的
那种完整，是这种远观所呈现的必要性

2021.5

大城剪影

从曼谷乘火车，沿着铁轨一直向前
经过热带的农田与山野，就能抵达
200 年前郑王朝的国都——那从前繁荣
如今是一片残垣的"阿犹他亚"。
在湄南河以北，我们找寻那些已然消失的
灿烂的文明，它们有的深埋于大地
有的消失于长河，剩下少量原物
坚守在原址，获得游人的瞻仰与瞩目
那时，我的公主才四岁，穿着一袭白裙
手上拿着巧克力冰激凌，在废墟上留影
嘴角沾满巧克力涂层，照片被当地人
洗出来强塞到手中，我们欣然买走了它
仿佛通过此举，也得到了那个在战火中
倒塌的王朝所传递而来的一点光影
那些在心中大片起伏的，已然坍塌
而又似乎仍然耸立着的标志之物
不断地让我们从遥远的想象中修复
从一座城邦的追寻抵达另一座

2023. 2. 22

爬　山

我们约好了爬一座山。半年未见
当你告诉我最近游离在你身上的那些
艰深的闪痛被指认为是一种病症
如太阳黑子，时而隐匿时而又
出没于我们的交谈之地。你继续
向我描述黑夜，重叠的雨声像松针。
我们头顶忽然就飘着厚厚的云团
大雨不偏不倚，淋湿了衣裙
正如这山形草色下奇异的割据
走过一段陡坡之后，竟全是下台阶
这和我进山前的想象完全不一样
然后你说：估计要与不适共存了。
幸运的是，有一条瀑布也在弯曲向下
直达山底，那奔腾的声响让身体舒展
也许我们也似这段溪水
不知不觉已翻过了那座虚拟的山头

2021. 8. 5

抵达然乌湖

似乎还有落石从回忆中滚下来，这预想的
道路时有中断，我注意到这些时
你正说着到了拉萨之后的事
你说要一个人去阿里无人区，不能带我
一路的争执像那些落石滚落在山崖边
大脑还有些缺氧，气温在变低，有几块
不规则的灰色大石头从山体中脱落后
阻塞着前路，我们停下来等待
我未曾分辨出，那是你的怯懦抑或一种保护
那么多石头横亘在言语的博弈之间
在一生可能只走一次的道路上凝滞
以至于后来，黑夜中抵达了一座房子
我们都没有看清，周围围绕着的是什么
醒来发现那是另一番天地：道路变得平坦
树木更加葱茏，云雾从山头披散到山尾
多彩的格桑花一路开到了雅鲁藏布江
还是谅解吧，为了即将到来的分别
我已把那些膨胀的锋利与微妙的执拗投掷于湖底
直到现在，仍没有从那段风景中取出

2022. 10. 27

重上牯岭镇

新建的索道上可以看见好汉坡、白塔和望江亭
在庐山西北麓，太阳正拨开浓雾
照见人间——大疫之后，这山林雪白的修辞
时光把浓密的绿色覆盖在了更多荒凉的山脉
让我们忘却，那么多记忆与美的隐忍
从缆车的玻璃中飞出
2011 年的牯岭也下了一场大雪
你去中山路买了保暖内衣、围巾、手套
把这些物件送上了山顶
大雪之夜，那个被你照亮的人，微笑着
从覆盖着厚厚白雪的梧桐树下走过。
现在，省略了南山或北山，那些弯道
带来的晕眩，我们站在街心公园，望向远处
你抱起我，吻我，像初识时那样。
红色和绿色的铁皮屋顶呈现在眼前
雪花穿过那些密密麻麻的别墅群
从东谷一直飞扬到西谷

2023. 1. 12

可可西里

一只藏羚羊
从荒原的深处向我奔来
我终于
看清：它的耳骨
如一朵温软的小花，轻轻
抖动
双眼通红，大概藏下了许多
失踪的头颅和血，它
诱导我，使我
看到满天星辰和大雪后的晶体
我很想问它，真的
有些事情，比活着更重要吗?
似乎
最初的同情转为吸引
我答应与它一起共赴无人之境
于是也飞奔起来
尽管我身上并没有猎人
所需之物，但
许多的枪口已经瞄准了我

2018

雨中登郁孤台

沿着一条河流的脉络找寻到的
"清江水"的源头。从贺兰山顶向下看去
章水与贡水在此交汇，平静又奔涌
一如母亲张开了双臂拥抱着我
多么幼小又浩大的孤独。在眼前
以精细的雕琢在高处形成并加深
再铺展在我们经过的每一个台阶上
那些南宋留下的诗句呼啸其中
成为在细雨中凝聚下来的深切的动力
而此时的意念则是母亲河上跳动着的水波
江水一直向北，流经赣区大地
我们在郁孤台下像孩子一样
前脚跟随，后脚迷失，终于在辗转中找到了
那些环绕的建于南宋的城墙的入口
它们刚刚被六月的雨滴擦洗过，更加深邃地
据守于时空的隐痛中

2023. 6. 27

海边的篝火

关于秋天里那场最后的篝火。
彼时的她，带着平静的语气来询问
"晚上出去走走吗?"
当南海把温热的风不断吹到脸上
奔波一天的你，疲惫地瘫软在沙发上
房间就能看到辽阔的大海
你犹豫着还是拒绝了这一场邀请
她仍然出门、找寻。并没有找到。
那些燃烧的音乐的回声与岛屿
反复出现在此后的回忆中，事实
这问询背后所隐藏的是极端的渴望
对于人世，她是即将被捣毁的一个人。
海岸、篝火、无尽的沙粒、纵情的歌舞
这些美的未曾触摸到的事物，都将离她而去
当你无意用右手关上了那扇被她敲开的门
仅此一次，再也不会有了。你们共同听到的
那些混于海浪的音乐声，到惊蛰之后
仍因这迫近的不可更改的结局
而带来更深的悲恸

大年初一去东林禅寺

我的男人带着神旨式的气势
把我从黑夜领走
驱车两小时来到了庐山西麓
天还没有亮透，寺门也
未开，远处山谷传来鸡鸣
声音和他一样飘忽，他刚刚
说到去年也是这个时候抵达
寺门也没开
树木和屋舍还笼罩在薄雾内
他继续描述寺内无人时的幽静
在晨曦的微光中我们
把各自的愿望和沉重
都留在了佛前
我感到身体已经变轻
仿佛这样，我的男人毫不费力
就能把我带回他的命运

2021

交河古城

一片遗世独立的柳叶。没有完全塌毁
在于它是一座真正向下雕刻的崖城
没有加固于自身的多余物料
只是同一种生土
孤独地吞吐着北疆大地上的风和月。
两千多年也没有改变，这半岛式的弧状
势必还要挺立更久，尽管遗留下来的
已是零星的不完整的构建
但一小块也能彰显出昔日车师前国的辉煌
据说河水在这儿分流，绕城而下
当我到来，一个人站在高处找寻
唐朝诗人李欣描述的那个黄昏也在降临
那群饮水的马匹，安静地依傍着这座古城
这片姜黄的色迹，立在记忆的神坛和废墟的斑斓上
低头、仰望，经历无数次的夯土版筑
似乎复原？当我转身离开，远处火焰山
正托举着昔日西域三十六国连绵的烽火
那种日落前的恢宏之气仍未消失
从那条已不存在的河流
穿过南端或北端　一直奔流到荒芜的尽头

2023.5.26

倒淌河

它的决绝是彻底的。从古老的规则中冲出
在日月山西侧，自东向西，40公里
是它抗争之后的长度
用轻柔的狡黠形成它秉性中独有的框架。
你不能否认，这离经叛道般的独行
当它自顾自地向前流去
无惧于世人的谗言与目光
这反向的胜利是一种自洽的能力
异质与新奇为它迎来了意外的观瞻
当你跟随人群从青海湖折返
在黄昏时分深入察汗草原
透过车窗玻璃，你隐约望见了它
而更近的地方是被车辆驱散的羊群
日落后的云霞正笼罩着这片风景
迷蒙中，你仿佛看到文成公主
正从这条路进入西域，据说
她回望时流下的眼泪形成了这条河
道路之上，牧羊人也在追随队伍远去
消失在车后，你就这样路过了
并时常在浪游般旋动的河水中出走
却一次也没有，成为它

平江路听昆曲

从一座桥开始入夜。

红色灯笼晕染了，八百年人间。

在你还没有分清这古朴

是来自修缮还是遗存的工艺前

藤萝蔓草早已爬满了斑驳的白墙。

我们来来回回地走，在筒瓦和水巷之间

那些明末清初的时刻又在想象中重现了

此时，路过一处橱窗，有人在动情地

唱着一支昆曲，你想起了李香君。

她坚定的美还有执拗中的伤痕

像此刻的歌声划过江南的风

把我们的思绪带到更低，沿着这青石板路

视线所能通往的地方，去寻找

那些遗留下来的旧物，并不能将

真正的故事完整道破，在夜色中

你出神地站在那儿听，哀伤的，婉转的。

在历史宏大的翻跃与沉浮中

仿佛看到了那把描述中的桃花扇

再一次被记忆中涌来的鲜血染红

下一站是大海：给烨

被一种即刻想要看海的冲动所牵引
寻遍地图上每一个有海的角落
仿佛海水已从版图的纸页中溢出
尽管一路犹豫，决定了也仍旧摇摆
就要离开了，仓促而紧迫的是
什么也没有抓住的恍惚，在拉伸着
那些光与影交叠的意念，像一个人
站在一种欲望扼制后的觉醒中
还在奔赴，把热爱交付于车流
以及耸立的高楼，把眼光回落到天桥
交织于那些匆匆而陌生的步伐
从尖沙咀到皇后大道，从香港岛到九龙
我们蹲在地铁站的地面，探讨着线路
后来换乘，视线被双层巴士拉长
延伸至海岸线，事实我们选择了它处
却因坐过站，来到了浅水湾
沙滩那么柔软，海水有更深的蔚蓝
它容纳了那么多，只呈现
那几座岛屿的分布——寥寥，而庆幸
现在我们想见的，只是大海而已

2023. 3. 12

昆仑山下

那时我们弓着腰，在昆仑山下捡石头
把三块心形的石头排列在一起
在我们身后，雪山连绵，一直到天际
刚刚落下的冰雹静静躺在河滩上
一只山鹰从头顶飞过，向着我们的来路
从雪峰起，在云层落
将这种"命程"诠释得更加热烈而生猛
我们继续往前行走，而那只山鹰
会飞过沱沱河，去到天葬台
它会回到雪峰深处，像那些隐匿的仙人
我们只是带走了几块冰川石
仿佛这石头，就是那些独居者凝固的魂灵
显然，它们并不像我们
需要在不断地行走中才能得到慰藉
一块石头能不能承载，一条山脉
雄伟与坚硬的演化，那蓬勃的声线之美
古老的昆仑山没有告诉我
以至于到现在，这么多年
我的耳朵还盛载着，山鹰飞过时
那种从苍穹深处发出的奇丽的声响

2022. 10. 12

过色季拉山

浓雾布满了整座山冈，我们的车
沿着山崖边向上，一条弯曲的蛇形之路
通往最后的神圣之地，山巅尚未抵达，
一个关键的转角，跟随着坡面的弧度
那时正在超车，另一辆车从对面驶来
同一刻，道路仿佛在生命边缘发生了位移
有关那些触目惊心的，永远留在深谷的残骸
在雪山底下，无人区的沟壑中
我想象的雾霾不止一次抵达，那些曾经
承载过又消失无踪的面孔，如一条沟壑
把躯体上信仰熄灭的灯盏蒙上永恒的尘土
当我终于站在布达拉宫外围转经筒前，内心
充满了悲壮的声色，神山没有把我的肉身留下
我们的车飞速占据了前车留出的几十米空隙
朋友把方向盘猛打，飞速转回了原道
浓雾掩埋了山顶白雪的头颅　我们继续前行
终于在天黑前翻越了这场生命的垭口

2022. 10. 24

缅　甸

我们的爱在遥远的时代已沉落
它是一艘驶离现实的船体，影子
从边缘开始模糊，直到变成一个
热带的光圈。一个人重复出现
在同一个地方，金黄的落日之手
抚摸着我的傍晚。那些柚木的边界
你的轮廓也包含其中，我们脸上
涂了特纳卡，手上捧着丝兰花
穿行于庙宇，在那些僧人的诵祷中
那艘信仰之船开始回返，就停在
翡翠塔高耸的金顶。这之后，一个
国度像瓷碗一样把我从梦中盛起
那永恒的高处是精神的会合之地
为了看见伊洛瓦底江的流水
我们谨小慎微，为了一条必须走的路
就在自身形态中完成了一场虚拟的跋涉

2022. 5. 9

槟　城

白色海滩绵延十一公里
从海珠屿、丹绒武雅一直延续到巴都丁宜
仿佛途经了所有内陆与海洋
只是为了寻得这样一块僻静之地
我看到黢黑巨大的礁石将海岸分割
马六甲海峡上的船只驱赶着落日
霞光分流到每一寸，许多脸庞，延伸的光
浓烈的异端的乡愁，埋伏在其中
那些熟悉的国语、门框、对联
标识着汉语的餐厅，这些细节形成了
一阵大风，扑向你。几十年前
许多国人漂洋过海来到这里扎根
很多人再也没有回去，也许他们会像你一样
站在这块被白浪环绕的版图之上瞭望，远处
乔治市中心，游人在蓝房子和墙画前观赏
在极乐寺和印度庙前双手合十
琳琅中，仍有一种遥寄，燃起在人群深处
那种时间无以浇灭的情怀，根脉的记忆
最后都以这种无处不在的文化的符号传承下来
在前世与今生交界的沟壑中，更加无穷无尽

2022. 11. 16

去马布岛

在菲律宾与马来交界的海域
我们的船在海上行驶时间拖延了太久
巨大海浪冲击过来。几乎全身湿透的
我们像一个小点移动在波涛中
岛屿还没有出现，船长上身赤裸
沉默的脸陌生而蒙尘，来这儿之前
我们就听说，这一带有强盗出没
会绑架人质——在大海深处
这种难以估量的恐慌架空了我
多年之后，我们相约去一座山林
从不同路径出发，却始终找不到彼此
我用尽了所有办法，还是无法确定
自己站立的方位，我仿佛又回到了
那片海域，被一种浩大所吞噬
那感觉又要淹没了，可事实上
马布岛就在那儿，在大海更深处
那位船长也只是朴实的原居民
我们是因那与生俱来的不安
才提前体会到了绝望

2022. 4. 10

雪中走入花径

从大林路开始，进入白色包围
经过第四纪冰川遗留下来的飞来石
以及那些错落的被银白装饰后的松与柏
再绕着如琴湖边缘的小路往前
路过湖心岛，就可以抵达花径的入口处
这条我曾走了无数次的小径上
多了两家静吧，一座书屋
几百年前，白居易在这里写下：
"人间四月芳菲尽，山寺桃花始盛开"
后来大林寺倒塌，彻底消失了
尽管，人们一次次把这首诗吟诵
大雪也把一切照见，在拱桥、石亭、草堂
以及我们初次相遇的花径门
那么多雪覆盖着，积存于表面的洁白
将我带入另一种思寻，从这里开始
我们相恋、结婚、生儿育女。十几年间
我仿佛仍然穿梭在通往繁花与悬崖的道路上
为了有一天，像大林寺一样
达成这静谧的极致之美的消失与转化
而不停地跋涉并找寻

2023. 1. 13

迷　途

我们开车去易家河，去寻找一片橘园
下了高速，成片的园区就在马路两边映现
果农把摘下的橘子摆在路边售卖
我们犹豫着，还是决定继续向前找寻
觉得更好的果园，一定还在前面
一直到大山深处
进入一条十分颠簸又狭窄的道路
那感觉就要掉下去了，你忽然说起
昨晚做梦，就是掉进了旁边这种深沟
又一天，我们驱车去往梅岭
车子沿着盘山公路一直向上
雾却越来越大，眼前只有高耸的山头
和一些植物的身体从白雾中探出
再往前也是徒劳，我们选择折返
拐弯时，一群山羊从坡路上出现
在大雾之中，它们低头赶着路
去往我们没有抵达的高处
那里会有什么？遗憾到底重不重要？
我的意识又回到易家河
最终，我们在忐忑与不安中选择了掉头
那片理想的橘园，始终没有找到

也许根本就不存在，它只是一种抽象的引擎

带领着我们，路过了更多山林与果园

2022. 11. 17

无忧树

随时能看到它，随时分泌出浓烈的
一种修复式的油画般饱满的行色
在景洪的大街上，高居于视线之外的
那种鲜艳的萌动，那些橙黄色的花
让人仰望不止的平静的散发。没有人
能够忽略或逃避，纵然有出世之名
与佛陀有关的背景，让我们欢喜于这种
阻滞与观念上的摩擦，仿佛是
冬天所见的火焰树的另一种变身
又不能完全确定，这种疑惑中摄入的美
在身体靠近时让我们嗅到雨林中
那复杂绵密的气息，正如一棵树
繁盛又结实的空灵在高处捕获了我
无法以仰望者的视角来输出，无法
扼制，像季节转换一样平静地收敛
因长久停寻于高处而取得
距离上等量的消释，当那些浓烈的
自我意识充满我们身体的白天与黑夜
当它们时时出现
在每一个偶然又必然的拐角的路途

2023. 3. 23

去德格印经院

隧道建成之前，从川西去德格

必须翻越海拔六千多米的雀儿山

为了去看印经院，无数个夜晚

像闪电在云霄翻涌，那冲入天际的窄道

充满了积雪、会车和数不清的弯曲

那么多转折的漩涡

从冰川白色的腹部围绕着我不断升起

当我跟随藏人

顺时针绕着印经院红色外墙行走

心中激烈碰撞出的壁火与灰石终于寂静

为何我不顾一切来到这里

一个人站在了晒经楼

昏暗的藏版库仿佛藏住了人间

所有阴沉的天色

板架的堆放与复刻，告诫着我

一座座大山还立于眼前

必须奋力，穿过那些高耸的核心

才能抵达真正平坦的归途

2022. 3. 16

柴　桑

结婚十年纪念日，我们决定重游庐山
南山盘山公路因为修缮把我们挡在了山下
只能绕道进入一扇隐形山门。越过过去
那些忙碌而青涩的年代，从那些
遥远平面映射出的光线更具穿透性——
很遗憾，十年后我们还是没有如愿抵达
那个相识的山顶。但生活就是如此，需要
从不同路径攀登，我抬头看向茂密的林木
你正望着岩石的更高处，在五老峰高耸的
脊背与秀峰修长的身段之间传递出的云雾
始终盘踞在我心头。他们说这里就是
陶渊明的隐居之地，这被先贤择取的地方
离我们的生活实在太近了，我清楚
这片土地上的每种分化，以及从古至今
人们如何渴望相似的遁入，当灵魂已无
再多放逐，眼前这些——飞瀑和流泉
便是我们无限接近却又永远不能抵达的桃源

2022. 5. 21

辑三　寻找卡夫卡

符　号

安妮·卡森几乎只用句号，普拉斯
会用括号，麦耶的诗里有很多省略号，
玛丽·奥利弗善于问号，
而艾米莉·狄金森热衷的是破折号，
至于里尔克，他有时会使用冒号。

这些来自他们的符号，一定
也来自他们内心的雷电，
有一天我们从中理解到的事物
会超越它们的身体，并就此抽离，
符号本身的意义。

2019. 11. 14

地毯与编织术

我已不在乎，那是不是一条好看的地毯

应该放在什么位置，如果必须写下去

并明白书写是走向平静的有效路径

我从此也可以拥有并同时保存它的功能

那些已经被编织进地毯的花纹，每一句诗

失望的凸起与凹陷的记忆，像一种

细心雕刻的孤独之城，一部高处的圣经

我应该如何呼应这千万种思路中生出的那一条

顺从于黑暗的解除，从那道复杂的纹路以及

纵横编排的手法开始，找寻同等的力量去对抗

尽管，菲利普①的地毯是画家朋友赠送的

从巴黎寄到伦敦，需要历经时间才能拿到它

正如他必须是自身经历了荒诞与伤害之后

才感悟到了"幸福和痛苦一样微不足道"

我们每时每刻都在编织，人生图案中最后的样式

仍不被轻易把握，这是生命唯一珍贵的悬疑

而书写就是痛苦缔造出的编织术

2023

———————

① 毛姆《人生的枷锁》里的主人公。

麦田里的守望者

她凝视我的眼神让我在忧惧中看到了
那种绵延，成群的孩子在麦田嬉戏
而现实是，在几句争执之后
她忽然夺门而出，厚厚的尾音
至今还回荡在瞬间狭小的空间
我即刻追了出去，从十九层跑向十七层
她不见了踪迹，我的脚步在台阶上
跟随那不定的意识在楼层间转换
那绝对空茫的指向反射出
此前我说过的每一句话，她要去哪儿？
这画面后来时常在脑海中闪现
更多时候，我想起的是霍尔顿所说的
"孩子们都在狂奔，也不知道自己是在
往哪儿跑……"仿佛他所描述的那种悬崖
就悬浮在我眼前，我需要去捉住她
并死死守卫这个并没有划定却随时也
可能出现的边界，星月已经升起来了
漆黑裂开夜空的唇色，这么多年过去
涌动都在沉默翻滚，孩子们还在奔跑
越过生命所有间断的巨浪与波涛

2021. 11. 11

卡拉马佐夫兄弟：米嘉

而人世时有荒谬。一种有力的结构
压迫着我，让追逐成为一场驳斥或谬论
混合着所有情节的意外铺排
就在深夜一匹马车向前奔去，马蹄声越来越大
它几乎就要从我的胸骨中冲出了
这剧烈声响让我也在黑暗中徘徊了很久
步伐的雾霾笼罩在书页上，从内层
陷落的暗道中，望见茫茫一片雪域
这尘世活着的人啊，也必须容忍
灵魂中住着类似米嘉的人，看他横冲直撞
眉头紧锁，想把他拉离那道翻过的墙垣
想让他站到局外，看到激烈的虚空之处
直到那匹马精疲力尽，完全停下来

2022. 9. 25

致路易斯·博尔赫斯

我深信，无人轻易领受那种黑暗
那无尽描述，让我的眼睛
也深陷于一种抽象的勾线之中
我看到布宜诺斯艾利斯的街道
昏黄的夕阳照射在他晚年的背影上
只用一根回忆的拐杖向前摸索——
那寂静背后闪耀的语言之体，让
鲜艳在光芒中排列，组合
如声音初生，抚摸到嘴唇的化石
因灵魂富饶而轻盈地穿行
在失而复得的图书馆的清晨沉下去
在紧闭的双眼内，再次以某种锻造
赋予我们绚烂的永夜。必须说
自始至终我看到的"许多诞生"
都高于每一天里那重复死亡之幻觉

2021. 8. 3

献给西尔维娅·普拉斯

是癫狂还是迷醉呢

仿佛树洞被点燃，清脆的蓝

在玻璃中翻涌，短短三十年

根本无法学会

收藏：一种病态炙热的血液

隔着矢车菊

她发现光的停滞，蔷薇的夜

开了又败

是箭头还是露珠呢

那个灰姑娘再也不肯复活

仿佛

夙愿未了的是他人

这世上

孤独书写的女人却还是她

隔着钟形罩

她们互相瞭望

晨曦是那么美，但那么令人窒息

2019

当孤独在降临

海德格尔的山间木屋，从托特瑙山区
向着夜晚的我移动，在某种程度上
我与那退居后的形态重叠了许多山峦
从"一群人"到"一个人"需要走很远
这其中必经的漫漫荆棘与沟壑，让我胆怯于
那些未知的禁忌，任何由过去圈定的地貌
都指向巨大的空茫，并不是"你以为"
就"能够"，我们都在形式上走入了孤立的
盲域，那些与围绕着的事物剥离的过程
没有经过声线的火炙，探索或攀爬都是
一种单线运动，人群中我们听到的声音
变得微弱，有时连鸟鸣，也会像风声
夹带酸涩的转动——这一点也不夸张
但伤感之余，又感到欣慰：仿佛你也提前
拥有了一间山中小屋，木质门窗上刻满了
斑驳又苍老的肌理，不知觉地
孤独就在那个不可逆的层面——真正降临了

2022. 2. 28

失书记

我在夜晚的静谧中坐了一会儿
走时把书遗忘在木椅上，那是还没
翻完的《唐璜》上册，当我发现并
折返寻找时，书不见了
短短几分钟，空气布下了诸多疑云
我是在线索上迷失的人，去找保安
去监控室，那张木制椅躲在一个死角
没有出现在屏幕将真相道破，当我
灰心丧气走到室外，那书正从遥远的忧伤
传来荒诞的画面：唐璜正被打扮成宫女
被送进了苏丹王妃的寝宫——我
无法想象那种阅读的断层，我走在
路上如徘徊于迷雾森林，或是这
执着打动了某个心灵——一名环卫工人
激动地拉着我诉说曲折，我跟随她
走进一栋高楼，从一位眼镜大叔手中
把书领回，他说刚刚看了两页
还想认真拜读，我微笑着回应——
抱着书进入夜色，像某种失情时刻
重新寻回了恋人

2012. 12. 23

世界与我

一条弯曲的小路通往一座荒岭，在深夜

需要被一种孤绝所颠覆，完整地切入

从每一个不甘流失的夜晚的楼宇中窥见

那唯一忽然亮起来的窗口的灯光

因为你总是先陪着孩子睡去

又在零点之后醒来（有时是半夜）

你在不确切的时间里寻找，梦游般

走进书房坐定，用一种被绝对的寂静

笼罩过的侧影定格在窗口，每一次

迅速回到这平静的稳固的氛围中

领受那种从黑暗深处汹涌而至的光。

动作简单、娴熟。先把那本已翻旧的书籍

从折叠处打开，再拿起一支笔

投身于这惊叹游弋的文字之林，有时几乎能够

从即刻的感悟中得到相似的触动与转化

一种浅表的温润。或恶心至极的

不可否认，这人性复杂的跳跃

正是你要理解并通往世界的方式

从这唯一的路径开始，直到它隐没在新的黎明

2023. 6. 5

奥德修斯

一条黑壳船是我的全部。当我欲想
穿越——灰蓝色海面给我营造的浩瀚之地
半人半鸟的塞壬们已准备好了美丽的歌喉
歌声中的草地藏着人皮，绿茵的表层下
还有大堆骸骨

我会不会像奥德修斯一样记住神女的叮咛
在诱惑发生之前，把自己捆绑在桅杆上

当我从半夜醒来，一切现实排列在窗口
黑暗的呼吸由内而外，变成海浪在眼底游动
我很想听到那个声音，但我只是侧了侧身
海浪仍在巨大的悬空中旋动
——那肆虐吹开了无数朵白花
它们在我的心中盛放、又凋零。让我渴望接近

一片幽深的迷草或荒崖上
一棵兀立的象征雅典娜的橄榄之树

2022. 2. 26

寻找卡夫卡

黎明从黑夜深处掏出了一个精致的盒子
你没有看清它的材质以及拥有的可能性
你只是想要打开或仅仅触摸
它的光那么幽暗
仿佛你是唯一发现并挖掘出的人
你始终保留着这种观念上的优越性
直到目睹这个盒子落入人群，许多人
都伸出了双手，一些人拿着画笔
开始描摹，一些人握紧刻刀，尝试剖析
你惶惑于这种群体式的奋进
尝试掩饰那些句式中的枯枝、悬崖以及
时刻活跃在大脑里的不可控的裂缝
它们刚从斑驳的光影中隐去，又从
反射的余辉中弹出，将你完整的一天笼罩
"我的一切都是……"
这种有别于他物的炙热与导向
让每个瞬息组成了孤独的永恒之物
即便你还未曾真正获得
黎明还是一次次把它庄重地递到了眼前

2021.11.21

帕特森的语言

在错失与持久的寻找中显现的溪流
它的源头正在逼近我。
沿着那条崎岖的路径，向上
就能看到那条落差很大的瀑布
从悬崖垂落，像一只巨大的白尾之兽
俯冲而下，力量落在岩石上
疼痛，分离，但并不停留
流水把岩石间的隙缝填满，一些事件
滞留其中，构成一些微型漩涡
但流水没有进入，只在边缘拆解
人物或一个标志，仅仅环绕着
关于美的那些光滑的外壳，落下的每一滴水
都带着某种必备的经验，在事与物之间
仍然向前。"似乎去忘记。"①
这个过程，是毫不迟疑的断裂与奔涌
用爆发的倾泻充满，我们复杂与矛盾的一生

2023. 5

---

① 引自诗集《帕特森》。

曼德尔施塔姆之死

当你戴着镣铐，经过广阔陌生的场域
有没有人意识到，那种异样的消亡
在心中，筑起一座高塔
在那些被你否定的猜想与迷雾之间
也有一种精神能够通往自由的道路
而非捡起那些沙石，一个人向前走去
就让玫瑰成为棕色的大地
让口唇上磨损的刀光收敛雪域的风光
它们都持久显现在你的生命里
像那些白桦树的树干，挺立而向上
为了在严寒中抓取更多，苍白中
——为你掩饰那些仓皇之色
假如，你未曾冲动地举起那只手
未曾写下那首连接黑夜的小诗
仅仅作为候鸟中的一种，认领
在贝加尔湖以东，留下忧伤的响动
让我永远听不到那林间最后的沙沙之声
只在黎明，也像你一样莫名死去
不断地跟随着鲟鱼下坠至湖底
或者像虫豸，腐烂于一条壕沟

2022. 11. 18

卡夫卡的审判

这是一场无声无息的终结。
在永恒与虚无之间反复被锁定的人
始终站在低处，辨识和对抗
都是无用的，那是一个遥远的对象
一种看不见而又坚实的结构长出的
黑色植物，在平衡时空留下了
复杂的造影。相处是那么短
我们的情爱形成并穿行于樊笼
就这么突兀地发生之后，再也没有
扭转过，一切始料未及
放纵与克制互相构成一个人的两极
那仿佛真实却又消失的巴别之塔
也许，在那里我们因为沉默而取得过片刻
——精神上的互通，可那无人
理解又难以申辩的事物无法给我安慰
在言语忽然中断的黑夜，我也
只能跟随着 K 一起背过身去，像渴望的那样
消失在自身所包罗的倦怠中

2022. 5. 6

次 卧

只剩下父亲，住在中间的次卧里
他脸色暗沉，像被黑夜雕刻过的一个人
他会写古诗，形容那空间
是一个闭塞的山谷
荒凉的墓场，仿佛通往那里
只有一条无人知晓的崎岖的路径
大学毕业后，因为失恋
我总是在这房间偷偷地哭泣。
我在半夜睡去，在凌晨醒来
那时房间的墙面还是白色
父亲和母亲也没有分开
他们争吵，常常把房门弄得咣当一响
我一个人在次卧读尼采，读米兰·昆德拉
我开始用文学搭救自己
很多年后，我在这个房间面对着父亲
墙面已被刷成了深紫色
床檐挂起了蚊帐
飘窗上堆满了各种散乱的药品
父亲坐在那儿，激动地跟我讲述着
那些他眼中不公的遭遇
我并不诧异，甚至淡漠

我们就这样度过了那些难挨的时刻
显然，他忍受了我的"不共情"带来的失望
而我只是接受了
不同时空里"孤独"的两种交会

2023. 5. 4

秘　境

一个人悬在半空
一个人饿着，在云中找到
纯白的装置

他越偏执身体就越轻，几乎
就要飘走了
我看见他在暴雨中把水接住
我看见他用脚猛踩着雨滴

后来的事都有了语境的差异
他始终是一个人
无人为他送去食物，无人爬高
像他那样全心全意地
参与着黑夜的认领

2021. 5. 23

潮　汐

每一次靠近潮汐，一些构建的遁词
就会出现，在此之前
沙蟹会搬动房子，旧物从浪尖上逆返
阴影交出渊薮，向下的力继续引用
就这样，让一些水消失在水中
会不会残忍？这个时候
谁发出声响，都会像宿命一样垂下
它们倾听大海，时间的颠覆指向另一层寓意

但还有追逐太阳的人，在黑暗中等待
潮水从未真正退去

2021

世纪病

皮肤科专家对我说：别再熬夜了
我暗暗下了决心。夜晚
一个人回到灯下，开始读缪塞
书翻到第 33 页，文字中
一阵剧烈的跳跃，大幅度的搅动
呃，隔着人性这不同世纪的窗口
我也坐了下来，沃达夫①在倾听
他此刻的忌妒包含了我的妒忌
他遗留的痛苦牵连着我的苦痛
戴尚奈②还在发表他的无限论
语言的蛛网刚刚铺开，从此
一些甜蜜的刺，进入幽深的口
正如那种"残酷的快乐"也会折磨着我
接近零点，关了灯，逼迫自己睡
时间对立面与它背后的风暴一起
将我心中的火堆熄灭，我将永远设身处地
站在这儿，这无限的重构之地
带着这多重思绪中保留下的决心
以及那些石破天惊却又无暇的论证

———————

①② 缪塞的《一个世纪儿的忏悔》里的主人公。

灯柱与灯

夜晚，衣帽间的灯总是亮着
这是儿子和女儿睡前的必备
他们怕黑，一个睡在我的臂弯
另一个用头枕在我的盆骨处
我躺在两个自转的星球间
像一团没有边界的星云
那两个小人儿在轨道上亮着
闪着光，他们四肢在云系间翻闹
嬉戏，为悬浮的空间而争夺
有时寸步不让，有时精疲力尽才
甘心睡去，睡着的他们，脸上
堆满了遥远又清旷的甜蜜，那甜蜜
混着光色从脸庞倒映到我的手上
这时我总是小心翼翼起身，暂时
告别"母亲"这个角色，拿起书本
在灯下寻找另一个宇宙

2021. 8. 12

帕索里尼的灯光

当读到："灯光失去了鲜艳的"
你以为那种语言没有边界。
沿着声音与声线里加筑的某种稳固性
一种极致跳跃的镜面，如大海
带我们越过汹涌交错的边境线
白的开阔，绿的渐变，蓝的澎湃
一切围绕着一座光的岛屿去实现
你以为这种衔接的绝妙是一种启示
仅仅以名词与修辞中的震颤去触碰、撞击
美的边缘都有一种黑暗狭窄的甬道
许多据点停在长或短的冰凉投射的冲击中
你需要找到那种饱满的唯一
延续气息中的桥梁，并懂得获取
"海一般悲伤冰冷的王冠"，任由
更多不明之物在黑暗中飘悬
灯光漫舞了一夜。栖身于文字的栅栏
一种前行的光明的悸动，如花蕊点燃
在开与败的实践中飞蛾扑火
在永不能掌控的际遇中蔓延

2023. 2. 18

金阁寺

惶惑时，胸口总有一种暗流涌出的危机
如决堤之水，压迫而来的闪电的群鸟
一阵阵。穿过浓云，它们交叉、扭打
互相吞噬，那些本性中相冲的物质
而你（这唯一挑明的敌人）就像
三岛由纪夫笔下的沟口：口吃，丑陋
总是陷于一种无人怜爱的恐慌的漩涡
你妄图从天平两端去守护人性的极致之美
在重复倾覆与构建中落入一口深井
井水倒映着那座美的圣殿
橙红色梁柱、门槛、灰色檐角。一切
你所喜爱又被现实的光照所加深的线条
把痛感缠绕得更确切，熊熊烈火
在殿堂燃烧，为一种持久的守护
如陀思妥耶夫斯基所问：
"廉价的幸福"与"崇高的苦难"哪一个会更好？
此生在美与丑，此与彼之间辗转
一个人沸腾，一点点消失
到底，你已接近了，像金阁寺一样
被忽然涌来的洪流般的肆意付之一炬

2023. 2. 6

读陀思妥耶夫斯基

许多心灵的造影，在笔尖漩涡处形成
黑与白交错的旋梯，从地貌的夹层向上
攀爬到顶端，战栗而欣喜，为获得了
一种自上而下的解答，那种难解难分的
生动性描刻于我们与他者精神的断裂处
一片罅隙的峡谷，所有思想在这里有过分化
而人与人互相渴望又忌惮、质疑又重复宽赦
在尝试接纳一切之前，必须领悟
这空空的立体感与事物的两面性，即使矛盾
甚至艰难，这繁复的摄取，让一整片黑夜
挤压着白昼，它那么宏大，不断将人的
阴暗与爱的潜能呈现在恰当时刻，这很珍贵

2022. 9. 25

彷徨手记

不同于让·保罗·萨特阐述的那种恶心
在我身上引发极致洪流的是那意识
断层后更加剧烈的想象。多年前
我曾在凌晨醒来，绕着城中村走了很久
只为了寻找一家印象中的书店。现在
我更倾向于关闭朋友圈，拒绝人群
不愿说多余的话。事实，我知道
结局。我不可能在凌晨就找到什么
我想要的。而我必须那样去做。
这么多年过去，我仍然站在黑夜。
孤身一人。我在迷失时总想起唐璜
漂泊在海上读信时的反应。我们
所认知的一切多么仓皇啊。在那些
必将经历的波涛的翻卷中，逆行
足以淹没海岬深处那一望无际的哀伤
当我绕行到预设的航道以外，发现
路径也并不重要。我终于说出了
这么多年最不想说的话。大海漆黑一片
那种悬滞的空无感也终于停止了

2022. 4. 4

安妮·卡森的句号

不同于其他所有标点。

它的使命并非传递。

这看起来似乎残缺。

甚至带着疑问和忧伤的墙体。

黑暗中我们有过凌乱的片段。

后来又被意识的本能代替着穿越。

从一座小镇跳跃到另一座。

有时是艾米莉·勃朗特。

有时是只用破折号的狄金森。

这闪烁的决断是文字自身的护佑。

那些声音结束的地方。

一些叙述的露珠重新形成。

不爱不需要答案。

爱也无须再加深。

我们必须投身更多创造。

直到上一句与下一句组成完美的相逢。

你还是没有准备。通往那座光明小镇。

"你独自留在黑暗里等待被征服。"①

头也不回。

_____

① 引自安妮·卡森的诗句。

卡拉马佐夫兄弟：阿辽沙

可是，高洁的阿辽沙啊，我们总要抗争
死死守卫着，内心那一点一点收回的领土
在上帝面前，黑暗中漫舞着的一切都静止了
一切那么微弱、卑小。那从头顶一晃而过的
是人类种类繁多的纠葛和痛苦，我们做了那么多
已无须再申辩，那些抓不住的流光或飞鸟
在声嘶力竭之后，又一遍一遍变换着到来的形态
我期待过神迹，终于在跋涉中感到了倦意
那个时候，我真想与你并排走在一起
任由星星在我们身后落下来，它们也会变小
在那些清澈的湖面滚动，迷蒙的清晨
我从梦境醒来，心中只剩一颗清澈的露珠

2022. 9. 25

卡夫卡的城堡

黑暗中是无尽的冬夜，无法抵达
深处那一丛绵延的灯火。我目睹那
召唤，从凝重的异邦之域传来
让我长久地踌躇于一扇关闭了
又忽然洞开的门前，我环顾四周
并没有找到，那条预想中可以
通往山顶的道路，从表面看
一座城堡近在咫尺，它始终高耸于眼前
住在里面的人用方言交谈，传来的语调
如此相似，仿佛在更久之前，这里发生了
一场残酷的博弈，胜利者搬进了
那座坚固的壁垒，这默认中高贵的消弭
冲击着村庄的一切，恍惚而动荡的绝望
变得更加雪白，这么久了，它从
我的路径中抽离了什么？那无形之物
如一辆雪橇，奔走于这世间
茫茫的幻境之处，让我一次次抬头
我知道这执念的瞭望正如这城堡之体
只是一种神圣的空物，但不走下去
固执的 K，或我，又怎么甘心回头呢

2021. 11. 24

佩皮斯日记

从 1660 年到 1669 年，那笔尖

有一面镜子，斑驳停留在镜面

我们能够从中捕捉到什么——

大瘟疫夺走了十几万生命

大火烧毁了五分之四城市的面容

这些彰显远远不够吧？亲爱的佩皮斯

你还曾逃课去看查理一世被砍下了头颅

你真诚地描绘了自己的情欲

仿佛雄性的不安才是历史的原罪

当太阳再次升起，伦敦桥泛滥着新的霞光

人们也像理解罗马人第一次入侵

而理解了那些冲突下狂野的罪恶

纵然我还是没有真正抵达

多情的佩皮斯，我一抬头还是看到了

那座悬浮的中世纪的塔顶

2022. 1. 4

致弗里德里希·尼采

你的语言从意志的核心开始点燃
我体内的顽石。飘荡又散漫的
幽灵们拥挤在一起，我灵魂的一缕
也曾在其中，在那些镂空的岩层上
声音浑厚、高昂，你在讲述人的
极限与超越，那种不能停止的
叙述，从物质的外像剥离到本质
正如你所认为的，上帝离我们远去
或准确说：上帝已死。我们的心灵
跟随什么而上升，神迹是自己的手
在栽种一些树，另一种精神的叶片
也随之长出，超越形态的果实和花蕊
很久了，这些绿色印迹仍然积蓄于
深处的浓雾，成为无穷之力
带领我们投身于改造，在那些石块之间
光仍然移动，火焰始终燃烧——
无论如何，我的爱已不同于往日

2022. 5. 4

蹊 径

唯一的路，在书页上发着光
风过时沙沙作响又不动声色的
是我不久前翻完的那本《金刚经》
当我终于不能制止，或许人
并不需要彻底地了悟，道路之上
空无一物，一本书像车轮从我身体
轰轰碾过，一段时间它在我的意识
进进出出，留下光亮模糊的车辙
像脚步声在深夜回旋，一群银鱼
从深处游过我的脚底，寂静的边缘闪耀
晃动在褶皱里，稀释了往日与残念
尽管还是无法根除，任凭
一切深邃的石头构筑于沉湎的宫殿之上
直到意志翻动精神的皮骨，修辞在深邃的
提炼中成为人生更广阔的指向

2021. 11. 6

悲　剧

从苔丝狄蒙娜①的冤屈中抽离出一种
对于格局的认知，我们想着
那可能是别人，永远不会是自己
而爱之于人，不过是一种有限的占据
它作用在那种单一的路径之上
那么轻易就被莎士比亚残忍的手笔打破
而心是一座被用旧的房子
已没有多余的空间囤放
那些最底端未被清除的情绪的尘垢
我们一不小心就会走向那种对立面
莎士比亚制造的漩涡卷走了爱的皮囊
——一种精神的遮羞布
我们常常爱着，又受困于自我
在那些似乎幻想出的背叛的袭击中
妄图把一切希望之火剿灭
像一个掘墓人
用一切看不见又此起彼伏的旺盛的自伐
来构成悲剧最后的仪式

2022. 11. 1

———————————

① 莎士比亚的戏剧《奥赛罗》中奥赛罗的妻子。

深山已晚

如秘藏之晚虹，存于那半圆形的幽光之中
每滴溪水的变奏曲向着夜空奔涌
骤雨之夜，你还会骑着闪电而来
搭建另一个王国
星空、田畴、山楂林、洄游之鱼……
都是你加冕过的证词
你守着孤独像守着深爱的女子
她为你而断情于深山之林
为了寻觅，你放生了一只雕鸮
你研究鸟鸣与脚印以捕捉
那不定的影踪
你为她打下了江山与城池并把
所有消逝之物蓄养为一种冰块
如大地总有丰沛的沉默
如深山已晚，终究也没有相见

2021

建筑者

像挪亚的子孙在示拿平原住下
那计划中的虚空者，在漫长的时光中
已耗尽了你所有的期待
所以更多沉默的材料占据了想象的高位
而非声音或它回声中的力道
我们始终持有不同的语言，在生活的基建中
不甘于站在平稳的大地
在思想的远景中感到混杂，无法构图
但你说："还要建造。"
我仿佛看到一束耀眼的光芒
从星际俯冲至人间，这个瞬间
我们开始徒手建造，可时间太紧迫了
在多重愿望的交叠下
建造成为妄想中一种徒劳的虚设
它已不能有效抵达——真谛或神圣的源头
我们需要太多的窗格，护卫心灵的飞升
可恺撒也在飞升，时刻寻找一个人
灵魂中可以着陆的据点，他会不会真的找到？
在我们意志的砖块与刀斧的锋利之间
诱导我们的心灵，使之成为一种攀缘的阻力
我们的欲望平行于此，被黑暗的丘壑照见

而你还是说："建造吧！"
在几种光的辉映下，建筑的最终之物仿佛显现
一条阶梯，弯弯曲曲通向那儿，尽管那之后
半空中的一切几近模糊，约等于零

2022. 7. 19

伊斯坦布尔：一座城市的记忆

我打开书本：大海跃然纸上
一座城市的金黄从海岸线浮出
无时无刻地从空气中扩散
我看到了那个常在博斯普鲁斯沿岸
慢步的人
从辽阔和蔚蓝之岸走来
他轻声说着："伊斯坦布尔的命运
就是我的命运。"
我因此接受了
一个男人文字背后传递的深意
我看到墟影下的街头巷尾
在他的叙述之后更为苍老和宁静
那古老帝国的血液从"呼愁"中传来
声音落在信仰遗存的地方
我们的乡愁也有着相似的破碎
那说不尽的忧与伤如帆状晃于海面
合上书，落日下几只海鸥飞过了我
那不可描摹的黯然与文明也飞过了我

2021.5.14

不能承受的生命之轻

一个人如何长期忠于

另一个人？波伏瓦与萨特

特雷萨与托马斯

他们的爱情都从不同维度

给予了回答

但作为女人最可悲的还是

没有波伏瓦的胸襟

却碰到特蕾莎的命运

我想起很久以前

和一个喜欢的男人分手后

我只是连续两晚通宵

看完了这本小说

然后内心就平静了

以至于后来再碰到类似境况

我总会回忆起那两个异样的夜晚：

许多光影簇动着交会在一起

他们的头恍惚抬了抬，还好

没有一个长得像托马斯一样

2021

查拉图斯特拉如是说

他说的大抵是意志与孤独的事
如何走上山去，如何上升
他说的也是岩浆与烈石的事
从内核处引爆
成为一个超越自己的人
如此突出的
天才烂漫式的自负
通透的嘲讽
这些吸引我的特质，都是
我所缺失的
所以我都听进去了
尽管终其一生
我可能很难做到像他一样
从人群中彻底走出来
并与一切喧嚣的事物
分道扬镳

2021

包法利夫人：一首绝望的诗

福楼拜应该是这个世界上
最残忍的作家
他写到艾玛下葬时
另外两个她深爱过的男人
她曾为之生
为之死的两个男人
都在睡大觉
但福楼拜又是多么善良
心软啊
据说他写到包法利夫人死了
自己却号啕大哭起来
后来有人追问他
谁才是包法利夫人时，他说
我就是包法利夫人啊

2021

飘

斯嘉丽用了漫长的岁月
去论证她最初的爱情
她为此做了很多傻事
直到梅兰死了
她朝思暮想的人变得
苍白无力
她才认清那份爱并不重要
她根本不在乎
这么多年
我总被斯嘉丽的思维模式
所吸引：无论遭遇了什么
明天又是新的一天了
但很多时候
我们也会像斯嘉丽一样
一觉醒来感到十分快乐
却并没有意识到这是源于
对枕边人的爱情

2021

静静的顿河

我不能不温不火地爱着
即使已经走出了动荡的岁月
我还是为你领回了
一支属于爱情的悲歌
我不能像陌生人那样从你
灵魂的固堤无望地经过
很多时候，我们都无法确定
我有时会冷漠地想起
葛利高里自杀未遂的妻子
她美丽的脸庞那么模糊
声音那么微弱
让我不得不像她的男人一样
把念头转向另一个女人
那个叫阿克西妮娅的女人
她还在顿河边来来回回走动
她火热的眼睛一次次朝我看来
又折返回到大时代的洪流
跟随着那些小心翼翼不断做出选择
却终归避不开厄运的人们
但我也不能像阿克西妮娅，奢望到死
都还被所爱的人深深爱着

百年孤独

生命中有多少种不可获得？
沿着它们，你一直走，直到走到
马孔多，在那里
你难过时也吃了不少泥土
坐在角落为自己缝制过寿衣
为情敌送去过衣食
为爱着的人变大或者缩小
但无论你做了什么，没做什么
余生都只能躲进梅尔基亚德斯
昏暗的卧室
所幸荒芜的年代已经远去了
而眼下也没有可以研读的羊皮卷
一个人置身于黑暗还是会产生
那么多幻想，用也用不完——
只有在乌尔苏拉身上见识到的完美
才真的让你恐惧又厌倦
真怕这一百年魔咒
这无尽的等待与告别
也会在你身上重复推演

2021

夜读毛姆

他最想要的独处也是你想要的。

你总是在凌晨醒来，而周围的人们都在熟睡

你可以独自享用一整个黎明

从主卧到书房，一条路径延伸到另一条

不断出现的岔道口、荆棘、庞杂的体积

最后都在触摸到的纸张内趋于统一

直到它们，各自的形态在指尖消失

似乎，必须这样。这是你在繁杂生活中

找到的唯一出口，一种慰藉。有时，你想

人总是不快乐，是不是因为过于贪婪

我们在自设的损耗中度过了一天又一天

直到更多屏障将你围绕，那个曾经清晰的顶点

开始变得模糊，不久前，你几乎靠近了

那种生生不息的追寻中的"完美"

但呼唤中每一次应答还是如此空茫

你不得不从山顶走下来，坐在窗前

看那些隐形的光线慢慢沉入江底

它们都消失了，变成波纹或梦中的鲟鱼

在可能的"经验的变迁中"获取一种

新的跃起的能量，在最深的黑暗中

仿佛你"只要书写了它，就能攻克它。"①

---

① 引自《毛姆文学课》。

奥登小像

让你感到满身污垢的是那人群中
激情的宣讲，战火呀从遥远纷飞的电光中
焊接了残乱的世相，你远渡重洋
使所有奇崛的巨松与高橡寄生于
灵魂的高蹈之火
脚底有浪头与迷句，一颗心的落日
松软地跨过赤道以北。

你曾绕开艾特略的荒原，奔赴另一种场域
在美洲，为叶芝的生平写下了哀悼之词
也曾为垂危之人送去了版税
可是，无论你爱的女人多么荒诞
你还是说——宁愿是爱得更多的那一个。

把热切投身于诗学的壮阔，一生都在文字
金色的海岸线上辗转，贝壳留下了纹理
底片是转折的盲区，陡峭而盛大把控了存在的形式
那些在言语之外被捣毁过的完整
热切中失去的立场与优势
最终，都通过文本回归到严肃的高位

辑四　非线性

阐释性

与友人夜聊到凌晨，她说想了很久
无论到哪一步，我们的困境与
预设的栅栏一样，都是"庸人自扰"。
的确。思维的筛箩往往带着排异性
习惯选择更利于自身承受的那一面
并为此辩解，深掘——从而进入
多重误区的形而上学。而对于尚未
介入也不可穿透的那一层，我们
总有未卜先知的悲伤，仿佛生命
内质中的山川峡谷已无法抵挡狭径上
涌来的狂风和骤雨，它必须
在一条坡道上横冲直撞、竭尽所能
才能趋于平静，这是隐秘的定律
"因为邪念使弯路显得像直路"[①]
作为反面的光照或支撑，也许它
能量中的无垠能够把我引入新的征途。
多少个静止的夜晚，那不曾抵达的还
闪动着星光，一种长久的耐力迷惑着我

——————————

[①] 引自但丁《神曲》。

尽管还能听见惊雷从锯齿形边缘滚落

2022. 2. 9

极 地

后来，聊天时，你都会深陷于一种
无力的恍惚，那种戛然而止的气息
贯穿于停顿中，云层一点点加厚、下移
压迫下来，又飘向远处的荒芜之境
那年在滇藏线上一些落石从高处滚落
到道路中间，车子被迫停在乱石前
那几块大的灰色石头，横亘着，在弹窗里
那个熟悉的头像静止着，大山在围绕
视线拉长、转动。海拔三千多米的高原上
几乎看不到什么绿植了，连绵的灰色
从地貌上跳出，进入光的背面
那是气息停止的地方，言语的终极之地
无尽弯曲的路与想象在那里交叉、重叠
多么匮乏，那些石头只能带着自身的重量
从一个人意识的形体中冲出？你终于
也学会了提前沉默，在一切苍白的盛大之前
把握这一场连接的意义，道路之侧
怒江在崖下奔腾不息，现在也一样
浓郁的姜黄在记忆中翻涌
一种枯萎的黏稠，由喉部深入血的隙缝

2022. 12. 5

天鹅之歌

"这房子住过我的爱人"①，现在将永远空着
窗户紧闭。就让尘埃在那小小的闭环形成
我能看到，最后一束光从原始的萌动中产生
像一种扩张的情态，从"我"之中出走，折射
再抵达陌生的疆域，我已足够清晰，这多重
映照下的抽象之身，将暗藏更多路径与名姓
黑暗中郁郁葱葱的蔓延，渐渐消失的尾音
在天地之中，重新辨识，我预想过这一切
却唯独忽略了爱的特异性，应是一种亡者之歌
我们重新回到窗下，审视着这座空中楼阁
挂满的蔓藤从屋檐垂下，什么也不必再发生
即便最后那束光回返，空空的房屋在高处遁隐
连同那些至真的情谊一起被黎明的幽暗抹去

2022. 10. 15

---

① 引自舒伯特套曲《天鹅之歌》之"化身"（海涅词）。

枕木之上

你想到了他。仿佛这世界上
就只剩下这一节车厢,它带着你
穿过大地黑色的胸膛和最深的暗夜
那种隐忍的撞击,从陌生区域
与这有节奏的轰轰之声融为一体
这浩大的向前的牵引,一种幽暗中
触摸到的金属般的外壳,从光滑的浅表
不断摩擦着你又缓慢掠过了你
这边缘中与万物靠近又瞬间分离的气息
让你恍惚于身体持续的弹动
携带着火车最后的忧伤,穿过了河南
正来到了山东与河北的交界,就这样
你在半夜醒来,听火车在铁轨上驰骋
脆弱的耳朵无数次卷入又被神奇地送回
无数次。你的心被碾碎
在这最后一节车厢里,整个世界
就只剩下这一种破碎的迷人的声响

2023. 7. 3

阿什贝利的雪

那些一闪而过的画面，断裂的。
哦，那并不重要。怎样从睡梦中醒来
穿上鞋子去洗手间，凌晨，扭开灯
从镜子里找到另一张脸，辨认出差别
你被打击的几个月郁郁寡欢，脸上长满了痤疮
多么冷的夜晚，你还在想着他。
不远处的庐山、明月山都下雪了
杭州和嘉兴也是。可那些也不重要
你在生病、鼻塞、吃药
像一片雪卷进冬天山崖上的腹股沟
还想要震天撼地，死得其所。别再琢磨
那些冰冷的碎片了，失去的一切
跳跃而飞舞。也没有意义。许多意识
像寒流从身体的边际掠过，一阵一阵
那年你在柳园下了火车，经过戈壁滩
汽车颠簸，震颤，身体不停地弹跳而起
一片空白，你还在尽力回忆，在巨大的
混沌中，雕刻着什么，几乎要掏空了
它们凌乱而纷扰，像六边形的小刀
在心中，隐隐落了一夜

2022. 12. 1

非线性

在长久征战中，人能够认识到的
什么是可为，什么是绝不可
行为之于我们留下了多重标尺，这
是在追逐与攀爬中必须掌握的技艺
为了不从悬崖坠落，我紧紧抓握着
那一束亮光，它迸发于我面前的岩壁
让几近灭亡的意志又有了陡峭的波浪
多少次我凝视前方，那未知世界
给我投递而来的绳索，它会将我
囚于黑暗还是拉至山顶，完全
取决于我们内心期待的分值，一种
相持的力量在时间的虚空之中形成
把"我"置于"非我"之间，以
得到那种稳固又似是而非的传授
这是我唯一能做的
因为你，我多么胆怯于此

2022. 3. 2

但丁的圆舞曲

似乎忘不了。他拿着话筒站在高处
那个夜空下的音乐会，星光从山顶落下来
在昏暗的光线中他的唇碰触了你的脸。
你手捧着《神曲》，读到天堂篇就停下了
那种至高无上的人，无穷无尽的想象
"完美"多么无趣，让人厌倦，但
"完美"通过那种高尚的永恒注视着你
哦，贝雅特丽齐的美过于苍茫，让人担忧
她有没有过真正的痛苦或快乐
它的美过于苍茫，像他的心。尽管
那个形象还在高处舞蹈、歌唱。事实上
影子静止很久了。在远处。
这是一种转折，向上的推进，并不矛盾
沿着那些台阶继续攀爬，你能看到
异样的光亮，在更高处，可音乐也停止了
投入了那么多，已不甘于却步？
你在半山看向山顶，夜幕又落下了星光

2023. 5. 24

拒　绝

她用鸽子的语言向我吐出一串白色
又用嘴唇把雾气向我吹来，她使出浑身解数
让我跋山涉水一起迈过黑夜中那些山头
而这之前，一整夜我都在彷徨之中
仰卧、翻动，意识因游移而勃发
哦，因思绪了片刻，我们竟相隔在一念之间。
但我拒绝了这种晦涩的参与
我疑惑于这个总在诱惑我的女人
她语言和概念中回旋着的犀利的微粒
有悖于我所声张的秩序，它总是
用明晰的路线对我发出挑战
让我憎恶于自己。未曾燃烧过一次
那种毫不迟疑的决断，让我恍惚
只要我跟她一样伸出双手就能够抓住
那些白色的弥漫着的物质，可事实
没有解答，我们都沉默了很久
一种未被呼应的愁绪永远弥漫在了
现实与构想的距离上
另一种也久未实现，只这样，默默
把对一座城的背叛从瞬间诠释到永远

2022. 12. 13

蜉　蝣

无以消化那种至深的脆弱，尽管
那虚弱的美丽起源于石炭纪。看上去
知足是一种古老的能力，尤其
在绚烂的振翅中就能用深情填满
这短暂一生，哪怕，仅仅是一天。
从诞生到死亡，从陆地到河流。
仿佛那天你忽然提出的——
"我明天去吧，我后天回。"
那跳动的声线自带一种昂扬的棱角
要怎样小心翼翼啊，在燃起的篝火旁
和你一起唱完这支低沉的曲谣？然后
一个人笃定地穿过那些不断繁殖和羽化的须臾之梦
像它一样朝生暮死。在淡水之上
扇动的羽翼，仅仅限制于此地，除了停下来
像其他物种一样学会咀嚼，你无以再用
浪漫的激情消化这种感性与拟人的转化
为了简单活着，或更坦然地消失

2023. 1. 18

环形情绪

有时是一种挡住洄游之鱼的水库
有时是一座山鹰也飞不过的雪域之峰
在一个环形的甬道
黑暗像大风涌入那条无尽的山路

后来回望，那时我们避之不及的
暗流，或山火
都在忍耐中遁匿了

当我五官疼痛，恍恍惚惚之时
它出现过
最后又在某一个时刻，从身体的悬崖
隐入更隐秘的深处

2022. 3. 9

白熊效应

儿时。我们喜欢去爬附近的高椅山
有时目的是采野果，有时是杜鹃
这是那地带上唯一的枝叶茂密的山
似乎，所有鸟雀都在那里聚合
可它并不属于我们村。总有人来
告诫我们，采摘被抓了是要罚款的
谁也没有因此却步，它像一种
野生的磁场带来最原始的禁忌之恸
因不能被正当占有而更具悬念与魅惑
像我们长大后所追寻的那些人与物
仿佛，都被这隐形的意念圈伏着
因那美丽的繁盛被划定，停泊在那儿
在恰当的位置上，散发着幽光。所以
我们又站在了山下。向那些看不见的深处
挺进，寻找果实与花蕊——
一种异样的欢乐与邪恶之光充斥着
我们的一生
我们无数次从山顶下来，哼着歌
身姿摇曳，奔跑在风中

2022. 4. 9

白炽灯

难忘童年那些追光的夜晚
在有限与惯性之间的天宇徘徊
一支蜡烛或一盏油灯是可以掌控的
在漆黑之中，燃尽或被吹灭
是作为物件所应照的相同宿命
那存在与感知的变化微不足道。
唯有房间那悬挂的白炽灯不一样
它源自彼时感官外另一种繁复的光谱
通过长长的明暗布线与外部关联
最后到神秘的变压器，一场无声
交织的暗流之物，忽然亮起来
跟随由内而发的欢呼，有时夹带
闪电般的跳跃，为何会那么快乐
当它一次次毫无预兆地骤然暗去
仿佛不曾停留——也许，是根本。
那生命缔结中最不确定的微茫啊
是这样一种脆弱。在无数次
往返之间陷入那种无常的悲恸
尤其当那内置的灯丝猛然炸裂之后
我的心也会跟着剩下薄薄的一层

2022.4.15

在星空博物馆

在离天空很近的地方，想起
你所描述过的那些灰色恒星。
从观星台望去，山脉之上是无穷的蓝和白
那些未被触及的存在与遐想
将我的思绪持续带走，尽管眼前
被日光所覆盖，没有光影显现
没有一片实体的轮廓带来激动或悲悯
正如，你说你迷恋星空，所以选择了
居住在高处，你站在局外仰观俯察
人世那一整片涌动的灯火，更深的辽阔
穿透了。此刻，我只是一个匆匆穿过丛林
而爬上山顶的人，我将离去并遗
一个人，一次次抬头，为了与你
交换心中的光亮而领受着漫长的黑暗

2023.4

选　择

奥德修斯没有留在奥古吉埃岛上
和神女卡吕普索在一起
做不死的仙神，他用了二十年
回到了自己的家园。

悉达多放弃了沙门的求学之旅
回到俗尘，经历了辉煌与堕落
终于成为佛陀，这个过程
他也用了二十年。

显然，每个人的心都有一道闸门
当我迷失时，神就站在门口，对我说：
"你认为是对的，继续做下去，那就
还是对的——"

我为此而忍耐。也许。用不了那么久
我就能找到另一种出口
我常常为这隐蔽的决定而感到快慰

2022.2.27

致阿佛洛狄忒

你是得到金苹果的那个人
由你的决策开始，引发了一场覆灭
也许，这一切始料未及，我们
努力争取的事物，都在遥远的精神之外
它在什么时候被选择所驻扎
又在僵持中成为浩大无边的海
我知道，在这之后再也没有一座城会像
特洛伊那样固守。阿佛洛狄忒啊
你想给予的是爱情，可它却成为战争
（"也许爱情就是一场无望的战争"）
初衷会改变，像世人所传颂的那样
我们各自掌管着，一种伟业
我幻想大海最深处，波塞冬手持风卷
站在了我们的对立面
为了那种不可获得的果实
我们必须把那些空心船再次驶向岸边
尽管没有十年，还是要试一试
那竭尽全力后的所得，哪怕终无所获

2022.4

相似性

荷马在奥德修斯归家之前
让他听从神女先去了一趟地府
维吉尔让阿埃涅阿斯纪去意大利建国前
也去地狱寻找了父亲的亡魂
而但丁亲自走进地狱，通过现实与想象的
多重描绘重建了西方的文化之门
这让我相信了，黎明之前所有
黑暗的路都是光的铺陈
那些消失的或许也不曾真的消失
我要再次与你相遇
必须经过广阔海峡上所有巨浪的磨损
以及大海幽微的蓝的摆动
在那光明的海岸，打造一座缤纷的花园
从花丛下到最底——黑暗的地下之所
打探那些星子的隐匿与去向
我要一个人立于天地间
像一丛新生之物转动了命运之轮

2022. 5. 9

前额皮质

罗伯特·萨博斯基论证了这种存在

在前额，三种力量互相制衡着我们的行动

那不均衡的分布常常令人感到左右为难

一个人在同一个时刻，必须看到深井、湖泊

或一片大海

它们同时瓜分着我们的意志又从意志的边缘长出

灵魂成为宇宙的唯一星球——虚无

因受到外力的挤压，变得弯曲、透明或更有韧劲

有时，它们的皮骨互相渗透，推移

我们的身体落入一口深井

湖泊把天空的影子在水中碾碎

大海澎湃，不安地涌动，日夜向死而生

一切变成了水中的大火

——燃烧着我们，又浇灭了我们

2022.8.25

以爱之名

我爱他，但他是神的儿子
近乎虚拟——我忍耐了几个寒冬
现在我从茂盛的草地穿过，黑暗中
每一根白茅都有着迷人的伟力
通过那弯曲的引领，迫使
我远离青绿色，那危险的横断面
远处群山如此渺小，万物恍惚倒置
我终于又站在了这图景的入海口
为前景的翻涌有了新的切角
而激动不已，尽管虚无
有时也如此真实，我却从未打算
通过位移改变——天地间那广袤
而有序的构建，过去的一切都在
向我昭示，人应该有一杆猎枪
时刻怀揣着它。我愿意
这纯粹的杀戮之意时刻指向自己
它是我们之间恒定的准则之绳，永远
位于神之下，但在信仰之上

2022. 3. 10

深夜的丁字路口

那是一个图钉，记忆的刀口
或爱而不得的人，它
就在我的窗外
灯光向下，俯探它的坚硬
一寸一寸
都是对深渊的丈量
赣江也在附近，流水经过它
像经过一座庙宇
这坠地的天秤座，荒野的爱豢
分流到水面时，形成一个女人
僻静的凹口
也许是表述得太多了
仿佛一生的痛感都汇聚于此
但我还是相信，每一个
路口都有它自己的构造和结尾
那我们就继续歌唱它吧！
语言的停滞之地，永恒的昏暗

2021. 2

不速之客

夏天，山里蚊子是那么凶狠
不知不觉就带走了我身体里的血
三天了，手臂与脚踝还红肿着
瘙痒不止，以致我不停地伸手去挠
鼓起的包块不断提示着我，那
毒性之大，我的抗力又如此薄弱
那无情扎向我的六根螯针必定
又长又细，像被植入一种
特殊又漫长的疾患？我想象它扎入
我毛细血管的样子，是那样毫不留情
三天过去了，那嗡嗡之声，不绝于耳
这使得我不能一直从容地站着
不能枉然侧身也不能沉静平躺
否则，就能感到有什么在周身蔓延
在起伏不定的呼吸和动脉运程中
让我隐隐作疼

2021. 6. 14

黑与灰的排列

笔触太深了。我因专注于
两种色彩而得到过一种谬论
当光在水中发生折射
人也是无法真正改变的介质
我们的言语排斥过重的词体
因尝试回返而陷入昏迷状
也许世界如普拉斯所说
是属于坏女人的
也许灰陷入的幻境
是焚烧后的寂静
是大千世界喑哑之一种
当有什么从中跃起
那是黑从灰中奔逃
是我还爱着你
却有了被魔住的错觉——
多么幻灭啊多么厌倦
我就这样看着，因光在水中
重新布排而剩余灰烬

2021. 5. 6

草洲纪实

那么多的水草都在脚下生根，一生
只有一次，在它们身体取出宝石的绿光
头顶，有白鹤与灰鹤正在飞翔

你的双腿飞速划过，向前，越过
一个充盈的黄昏，整齐而微妙地摇摆
一整片，在选择性的记取中

那些回声的装置并没有消失
此后，它们的色泽更深沉，生长
更冗长，直到你，再次回到草原中央

找寻。那么多的影子，在光中伸展
草叶的边角划过风，目光移动堤岸
云层一点点下落，白与灰无尽铺展，

该怎样描述那种占领，那个黄昏
难忘的时辰，水草与你的脸，那么接近。
在绿色的灌注中感觉到生机

鄱阳湖如此浩渺，吞咽了太多
那种不可思议的磅礴至今仍萦绕着我
形成一种寂静又咆哮的内壁

像我对你的爱，无望而又生生不息

2021

雨夹雪

雪落下时，万物苍苍，人为此而点燃
跻身于空境里的火，也想变身，跟着
雪花翻飞，在曲线之上完成一次跋涉
但此刻我面前，只有水珠顺着玻璃往下
下滑至我不能看到的位置，那些雪
最后都隐身去了哪里？那种冰凉体
经过时，发出独有的浪漫的声响
这低温的反面，也有我们身上
涌动的物质，覆盖一种细碎的消亡
这个夜晚我们尝试倾斜，以缓解
那种纯白的泛滥，后来雪越下越小了
雨声在雪声中突围，变大。我们
也会是这样，像春天这场雪事一样
无疾而终——仿佛萌发本身比雨雪更混蒙
都是一种远而短的消逝之物，有着
绵柔的六边形的小刀，当它飘着
也会——因无法囤积而体验到永恒的下坠

2022. 2. 22

仰泳者

把双脚在水波中抬起，身体平躺下去
弧度变直，变长，压住身后一阵
悸动的涟漪，然后肋骨跟随淡水抽动
一根一根被取走，剩下流云与雾的实体
从寂静的岸到自由的广袤，神经的触须
开始伸展，逼近无人之境——我曾尝试
翻转，在太平洋，或那些热带岛屿
那反面的压迫之感与不可窥视总是带来
某种惊惧，让我明白：
我的脸必须在水面之上，呼吸短促
不能像鱼在水中置换，就这样吧
一切又算什么呢。星空下，光在跳动
从起点到终点，途经一片死海，再穿过
几条幽黑的深河，一种无解的应答
向前或静止，都能找到某种平衡之力
我躺着如同僧人入定，但也许，我迷恋于此
只因毫不费力？我可以游很远
漂浮在水上，如浮游于人世，我学会了放空
在瞬息间释然。已无意于得到或遗忘

2022. 8. 9

玻　璃

玻璃并不愿意十分透明

在它悲哀地成为玻璃之前

至少像你一样不愿

被人一览无余地就看到了纵深

正如它每次在风雨中袒露，得到的

回应或启示都不足以对抗

那份旷日持久的对于虚无的累积

它知道黎明之后

人类会再次找到它挣扎或碎裂的源头

它的神经，它脸庞的骨骼都已偏离

但还在思索

要如何才能像一束光那样

在黑夜的体内来去自如，为它

带来冷或热的补剂？

你开始迷恋并习惯这个思维

你开始越来越像它

并试图在它那若即若离的虚影中

找到所有卑微的稀释之所

2021

光的留白，或表达

与他分开之后，你并没有回到自己的住处

外面下起了小雨

你站在屋檐下给朋友打电话

在一种陌生的处境中

一切都在雨夜中冷却下来

在这个新建的小镇之中

你抬起头，看到一排排灯笼静立在雨中

一种明亮的辉煌在心口囤积

似乎，只要坚持下去，那些光

就能在流转中创造出更多能量

你想起了但丁在天堂篇里描述的

七重天体，浑圆的形体在眼前逐渐显现

而此刻，一个灯笼就是一个球体

从边缘的潮湿聚集到一个中心

"已经很激烈了。就这样吧。"

声音从遥远的华东穿过了武陵山脉

停在鄂西的一团轻薄的雨雾中

多么迷惑的笼罩，这弥漫的停顿的光的外沿

如果不是在这样一个雨夜

你选择转身。任由意志在涌动的灯火中飞升

像得到了一种神圣的来于白昼的传令

听　雪

已是雪后第二天，与友人步行至山中
阳光正照在那些刚竹，芒还有
蕨类叶片的残雪上，异常宁静
显然啊，这些植物还没有摆脱
雪夜的支配
那种暴动的温柔带来的眩晕
正在转化为意志中
最干净的羽毛
但一阵"嗦嗦嗦……"的声音
打断了我的想象，抬头看到
陆续有积雪从很高处的竹叶间掉落
就是这个声音！听命于内心？
为了什么吐下许多空幻，终于
还是不得不随一阵风坠下
我匆匆走开了，生怕它再落时
还是像悲伤一样颤动

2021

平遥影像

所有男人都像你一人扮演
五官比例，精准的刻度
所有砖瓦
都带有遥远的光辉，原来
我们如此重视：事物原貌
故事还没有讲完
所有声音进入冬天
才开始破碎
远行至此的人，将杂念摒弃
再回头看城墙内外
如此静默啊，仿佛万物的静默
都归于我一人

2020. 12

聆听杜鹃

那声音从另一个人间传来

一阵一阵，仍然没有阻止

我在黑与灰之间继续

向下滑落

人类还在尝试辨认

这个春天，叫声如此神秘

如此虚无

会不会与自身关联

会不会在滚动的浆液中分离

才有了怯懦和清脆的慌乱

所以它选择了一个明亮的清晨

停在一棵树上，划定了

这一生我再也走不进的区域

它就轻轻地叫唤了几声

却让我这个人

拥有了天真又致命的心跳

2021. 2

等一场雪

所有事物还未出场时是最美的，
就像我在南方的冬天等一场雪。
无须掏空它的想象，无须反复验证，
至少看起来，那么冰冷那么透明了。
但会不会还有别的逆转，会不会
它终究消失在半空？
我在春天有过的期待承延到夏天，
秋天的果实一个一个落下腐烂成泥，
嗯，就像等一场雪，
我希望永远有约，而雪
一直还没有来。

2021

石头的假设

1

一块石头从高处落下。你成为
唯一途经此物又必须绕开它的人
起先你尝试接住那坚硬的授意与投射
跳过所有断层的褶皱中的响动
直至迷幻的大片白色出现，你仍
被卡在悬崖的裂缝中，在那里
所有骨头根处都有异常的撕扯之声
无形的豹子；野犬；咧嘴的神兽
一整夜，它们并列出现。后来
你向朋友描述那种境地，万物
都在海面漂着，只有起伏的波浪
把意识推向了最底，时间仍然流动
终于知道了——石头是一种
不可更改的形态之物，那受体只是
那固化的自身，击中你时，仿佛
早有预谋，无须任何推动性

2

或者，我根本不在乎这块石头的原形

与结构，不在乎它是深海或宇宙的微粒

我吐下它棱角布满的剑羽，抹去它

刀锋上的寒光，我有过战栗。但出于

一种逆反，一种危险的设定

我复述着上帝之意："人们往往失去的——"

可石头也在失去——它的侵略性如此完整

充满了意外。已被我们的言外之物所涵盖

正如那时我正用手机听着《神曲》的尾声

我仿佛看到了贝雅特丽齐飘渺又神圣的脸庞

那种俯视中遥远的决绝成为我所仰望的辰星

它因高于一切而向下游移。真正探底到我

至深的黑夜——作为一种精神的背面

让我也感到了预言者般传递的恶意，石头

仍然存在，我目睹这一切，用手捧起它

只用冰凉的一眼，跨过了这座虚幻之门

2022. 9. 26

致普罗米修斯（一）

这盛大的无力感来自
我宁愿相信，是神操控着一切
它给了我们爱的能力，指引唯一的路
又给予我们清除的堆火

可是，普罗米修斯，从一开始
那神圣的火翼已把我引诱，让我
因为看见它虚浮的侧颜而感到欢欣
（也许罪恶本就是欢欣）

它是那冲向悬崖啄食过你的鹰隼中的形仪
为了不重蹈覆辙而尝试飞回原地

用潜能替换漫长的消耗，可是，亲爱的
普罗米修斯，我该如何想着你的好
又平静地经过万物——那等量的俯瞰？多少次

我从你那受刑的崖壁走过，我幻想我也会得到
那种描述中绝顶的孤独，尽管那一天
提前到来了

我们还会因一颗跳动的罪恶之心
而无法从神性的火焰中彻底消失

致普罗米修斯（二）

你精神之上存在的荒崖，在无形的世界
涌起一堆烽火，它不动声色地改变了
人类的前景与命运也包含着我的，正如

我所有的欲望，都是你盗窃而来的火种
你尝试用燃烧本身浇灭——一种短暂"非人"的共情

我信任过万物在春天的复苏，即便它的森林
已在无数黑暗中由我们亲手焚毁

但神不会信任我，一个悲恸的人
在对应的窄门中显现出的顽疾与哀伤

很遗憾
奥菲利亚的悲剧只是迁怒了我；女王狄多的下场
也只令人唏嘘
我已无法在众神之下，高举爱的火把
当爱无处可放
就让它在无声的恐慌中逝去

2022. 1. 22

在连云港观黄海

1

半夜抵达，温度比我想象的还要更低
"这城市真荒凉"朋友边操控着方向盘边说。
沿着花果山酒店的围墙，我们绕了两圈
才找到正门，全是植被组成的景观园林
仿佛没有入口，一种迷途的阻塞困扰着我
这些年，那是唯一一次。
大海就在眼前，而又仿佛更远
在这潮湿的版图上，人与人在虚无中架空
一种澎湃的荒芜，被陆地长久地卷噬

2

驱车去海边，下着雨，大海有了
类似一个中年人磅礴的混浊，无法靠近
在桥上停下来，远远看着海面的更远处
以及近处一座孤岛的兀立，无法说清
那当中到底是什么结构，灰色岩石的内部
一种孤零零的支撑，我所看到的表象

都在有限之中，我与黄海隔着几百米落差
各自收紧了内心的一阵波涛

3

我们一直在找寻、等待，生命中的幽兰
被一点一点反衬、激活。那个傍晚
我荒谬地站在入海口，在天地之间
俨然一种固化之物，被季风倾覆、颠倒
我感到了巨大的伤害，却仍执着于同一种期待
面对这广阔无垠的包揽
我想，这么多年过去了，大海总要为我
送来一些什么？黑暗中，只有一艘船只闪现
又顺着海流穿过了外海，一直北上

4

事实我见过它，另一端的湛蓝，那游动的
八爪鱼被海女从海底抓上岸，人们
可以把它们生吃。而此刻重新面对，它变成了
这暗黄词藻中的一页，海面游动的波纹
断续被雨淋湿的面纱，生硬的对谈如礁石
阻隔我于万里，在黄海面前，我该呐喊几声
用席卷而来的不舍或愤懑的声响填满
这距离中的空隙，那一整片海角啊，构成了

有意义与无意义的一切，用液态充满了彼此
在浑厚中净化，用回返的蔚蓝再次形成铠甲

5

必须接受海洋复杂的生态与存在的残酷性
在更大的风暴来临之前，尝试辨认并消化
那些数不清的沙粒、盐以及尘垢
这些不可避免的碰撞之物最后混合在了一起
从四面八方赶来的风——涌动的情志，让我
更想将这一切划定：它高于爱也会高于海平面。
就让大海为此而做最后一场布道，当我
停下脚步，所有咆哮而起的浪花都是过去式
一生只是为了获得辽阔的真理
或，一种生生不息的近乎信仰的解救

2022. 9. 28

喀斯特地貌

向上，有隆起的峰丛与峰林，而你
更偏爱那些仿佛血脉相连又兀立着的山体
从北海到崇左，一座座孤岛
从眼前的车窗外呈现，再后移到
看不见的位置，你惊叹于地表的神奇
正如你习惯在事物的表象上探寻
从而忽略了地面以下的溶洞与暗湖
多年前，我曾在冠岩内部穿梭
乘电梯下到最底层，再乘船感受地下河
那种流动的开端与结尾，第一次我知道了
地下还有河流，那种昏暗的囤积
从地面投射进的难以捕捉的流光
像一个人隐蔽的患处，而作为人的
情感的内置与分化，这些是尚未确定的根植
难以抚平的洞窟，让人无法完整获得
真正来源于时间的沉积，孤独仍如山石一般
在深夜不断地坍塌又堆积，它们起伏在我心中
向下，遗留在最底层，像地表上
所看到的一样
形成了一整片连绵不绝的丘壑

2023. 2. 1

夜读《恶之花》之我的命运

绝无一点黑，全是深浅不一的棕与褐
还有晕染了的白浪边缘的玛瑙绿
那么突兀地随着狂风卷起
犹如半圆形的一座洞窟，一片
从未知区域席卷而来的恶意
这是我在半夜醒来，打开一本最近
在看的书，翻到了 185 页所看到的
一幅维克多·雨果的画作
像刚刚过去的雷雨交加的黄昏
在视线里越来越混沌、交错
最后呈现出如痛苦般饱满的颗粒状的
清晰触感，你用手去抚摸
你必须接受它，那种不可预测性
这越是害怕越是难以抵抗的悬停
纵然，这片刻感受的一切，这焦灼
终究会像这一页插画被我的右手翻过去
但此刻需要铭记
四月已经结束，五月正在来临

2023

写诗的时刻

许多黑夜在无声背叛一个黑夜。

你在远方的城堡中走失，许多潮水涌来

卷走了脚底的贝类与沙石

从日光之城到灰色禁区

永不停歇的风暴啊，也无法遏制一个人

继续向着苍茫挺进，一些时候，意识

被什么缭绕，洞穿，你用想象转移

避开了，而那种想象要达到一种极致的松软

这些归属的烟白才成为潮水，开始退却

剩下一种暗沉沉的物质，继续被气息推动。

这是三十年间，我所寻得的一抹药剂、一种良方

到半夜，这浓烈的意识才开始转淡

但海水照亮过，你所寻思过的一切——

那些破晓体内的嘶鸣，一种蓝色海鸟的回声。

多么悲伤又欢愉的时刻。在一种创造中

酝酿一个宇宙，死亡即是复活

图书在版编目（CIP）数据

黑与灰的排列 / 范丹花著.-- 武汉 ：长江文艺出版社，2024.6
（第 39 届青春诗会诗丛）
ISBN 978-7-5702-3466-0

Ⅰ．①黑… Ⅱ．①范… Ⅲ． ①诗集－中国－当代
Ⅳ．①I227

中国国家版本馆 CIP 数据核字（2024）第 005963 号

黑与灰的排列
HEI YU HUI DE PAI LIE

————————————————————————————

特约编辑：符　力

责任编辑：胡　璇　　　　　　　　责任校对：毛季慧

封面设计：璞　间　　　　　　　　责任印制：邱　莉　　王光兴

————————————————————————————

出版：长江出版传媒　长江文艺出版社

地址：武汉市雄楚大街 268 号　　　　邮编：430070

发行：长江文艺出版社

http://www.cjlap.com

印刷：湖北恒泰印务有限公司

————————————————————————————

开本：880 毫米×1230 毫米　　　1/32　　印张：6

版次：2024 年 6 月第 1 版　　　　2024 年 6 月第 1 次印刷

行数：4095 行

————————————————————————————

定价：52.00 元

————————————————————————————